D0708878

dragon
l'ordinaire

Castor Poche
Collection animée par
François Faucher et Martine Lang

A Christopher FRANK,
TOLKIEN,
Cendrine,
Joëlle, Chantal, Nathalie,
Martine,
Claire et Cyril.

Une production de l'Atelier du Père Castor

XAVIER ARMANGE

dragon
l'ordinaire

illustrations de
XAVIER ARMANGE

Castor Poche Flammarion

Xavier Armange, auteur et illustrateur.

Histoire de sa vie incomplète et de son œuvre inachevée... par lui-même.

C'est en juin 1947 que l'on commença à parler en France et dans le monde des soucoupes volantes. Xavier Armange choisit ce moment précis pour apparaître sur la terre. Cette coïncidence a troublé plus d'un commentateur.

On dit qu'il naquit à Nantes, charrié par cette grande vague de naissances qui suivit les bombardements et la fin des hostilités. Cela explique qu'il ne fit pas de résistance (sinon lors de son accouchement qui fut, semble-t-il, difficile).

Gaucher contrarié, il connut une enfance malheureuse, une triste jeunesse et une adolescence tourmentée. Plus ou moins renvoyé des meilleurs collèges de basse Bretagne, les bons pères tentèrent en vain de le ramener vers la Vraie Foi. Imperturbable, il préférait dessiner de petits Mickeys en marge de ses cahiers, ce qui le conduisit à sa perte.

Il fit ensuite quelques études de lettres modernes, parce que les lettres classiques étaient plus difficiles et que ses petites camarades y étaient nettement plus jolies. Puis il partagea son temps entre le théâtre, le dessin humoristique et fit ses débuts dans une agence de publicité.

L'ébullition de 68 le surprit sur des barricades provinciales et le pava de bonnes intentions.

On retrouve sa trace, quelques années plus tard, dirigeant son agence de pub, toujours à Nantes, en complet trois pièces, nœud pap et léger embonpoint. Revenu, après d'amères expériences, à des notions plus écologiques des choses, il émigra aux Sables-d'Olonne. Il se consacra à la conception et à l'illustration publicitaire, pour alimenter son studio de dessin, et à la rédaction et à l'illustration de livres d'enfants, pour ne pas mourir idiot.

Il commit une série de petits livres (Hatier) pour les très jeunes enfants : *Le Clown de toutes les couleurs*, *Le Clown se déshabille*, *Le Clown musicien* et *Le Clown et ses amis*.

Il écrivit et illustra également un album d'écologie-fiction : *L'Arbre de l'an bientôt* (La Farandole) et dessina un livre muet *C'est la fête* (Hatier). Écrivit un *J'aime lire* (Bayard-Presse), fournit des textes et des illustrations pour différents journaux pour enfants : *Okapi*, *Pomme d'Api*, *Jeunes Années*... Il illustra de nombreuses couvertures de livres.

On lui refusa aussi beaucoup de manuscrits, ce qui ne semble pas l'avoir trop découragé.

En collaboration avec un chirurgien réputé, Jean Recoing, il illustra une série de livres sur le corps humain : *La Planète poumon*, *Le Cœur satellite* (Hatier).

On perdit sa trace vers la fin du siècle mais certains chercheurs supposent qu'il fit encore de grandes choses...

Certains pensent aussi que les extraterrestres seraient venus le rechercher et qu'il coulerait des jours heureux dans une lointaine galaxie, entouré de toutes les femmes qu'il a aimées, de leurs enfants et des siens, Claire et Cyril.

Dragon l'ordinaire :

Les dragons sont souvent gens imaginatifs. Dragon l'Ordinaire, lui, mérite bien son qualificatif! Sans espoirs, envies ou passions, il coule des journées mornes et tristes dans l'ennui de son château.

C'est un dragon qui manque totalement d'imagination...

Un magicien de passage lui suggère de partir à travers le monde en quête de l'Amour : « Quand on aime, tout est possible... » Et Dragon quitte ses petites habitudes et tente sa chance au bord de la route. Pris en camion-stop par un cirque miteux, il est entraîné, malgré lui, dans une série d'aventures en cascades.

Dragon est le jouet de Papuzio, le terrible directeur de cirque. Vendu comme esclave aux envoyés d'un dictateur, emprisonné, délivré, poursuivi... A chaque minute de sa vie, Dragon l'Ordinaire risque de disparaître coupé, noyé ou haché menu...

Si ses espérances amoureuses sont toujours déçues, il se lie d'une amitié profonde avec Lolita l'équilibriste et Pipo le clown nain qui partagent avec lui toutes ses épreuves.

Malgré son anneau magique, malgré son aile volante, malgré son courage et l'aide précieuse de ses compagnons, Dragon réussira-t-il à délivrer Rhapsodie, la fille de Lolita, prisonnière dans le puits du Diable boiteux ?

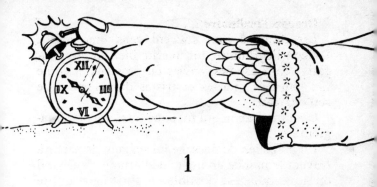

1

Un dragon habitait dans
un château ; ce n'est pas très ori-
ginal.

Chaque matin, quand son réveil son-
nait, vers dix heures, il décidait de faire
de grandes choses.

- Premièrement : essayer de tâcher
de faire en sorte.
- Deuxièmement : chercher à tenter
de vouloir.
- Troisièmement : prendre son
temps pour ne pas se tromper.

Il se tournait alors sur le côté et se
rendormait.

C'était un dragon très ordinaire.

2

Ce jour-là, vers midi, la faim réveilla le dragon.

Il chaussa ses pantoufles et s'essaya à cracher un peu de feu. Juste pour voir s'il était en forme.

Tous les dragons crachent du feu, mais comme c'était un dragon ordinaire il ne parvint qu'à éternuer, comme tout le monde, et cela le mit en colère.

Pour se calmer, il décida de faire un vrai repas de dragon.

• Premièrement : dévorer une vache, un veau, une laitière et son pot au lait.

• Deuxièmement : avaler trois barriques de vin rouge et un tonneau de poudre à canon.

• Troisièmement : engloutir un ruisseau, une rivière, un fleuve et un petit océan.

Malheureusement, lorsqu'il arriva dans sa cuisine, il n'y avait rien de tout cela. Au fond de sa glacière le dragon ne trouva qu'une sardine à l'huile et il dut s'en contenter pour son petit déjeuner, son déjeuner, son quatre heures et son souper.

C'était un dragon vraiment très ordinaire.

3

Demain, je vais faire de grandes choses, pensa le dragon. Il disait déjà cela quand il était tout petit et, depuis 426 ans, il le répétait chaque matin.

C'était pourtant maintenant un grand garçon en pleine forme. Mais il avait un problème : c'était un dragon qui n'avait pas d'idées...

Son père s'était battu avec les ogres de la montagne Noire, sa mère avait dévoré l'armée du Grand Vizir, avalé une douzaine d'éléphants, sans recracher les défenses, son papy avait consumé des villes entières, sa mamy avait consommé des bataillons de zouaves...

Toute sa famille avait eu des idées, de bonnes idées...

Mais lui, le petit dernier, il ne savait pas quoi faire.

Il venait de décider d'aller se mettre au lit lorsqu'il entendit la sonnerie de la poterne d'entrée.

Il descendit rapidement les 752 marches du donjon et regarda par le judas de la porte.

Il vit un gros œil lumineux qui lui fit très peur, et il pensa qu'un monstre venait lui rendre visite. Il s'aperçut que ce n'était que la lune qui luisait dans la nuit noire.

Il distingua alors une forme sombre, une cape couleur de mystère foncé surmontée d'un chapeau de la même teinte. Un drôle de chapeau pointu comme en portent la plupart des magiciens. Il tira les verrous, la bobinette chut et la porte s'ouvrit en grinçant affreusement.

– Mon ami ! s'écria le dragon. Mon grand ami Astragor ! Je t'attendais avec impatience.

Ils s'embrassèrent longuement, puis le dragon referma la porte, il éclaira le sol avec son flambeau et il gravit les 752 marches, suivi par son étrange visiteur à chapeau pointu, le sorcier Astragor...

4

   — Comment vas-tu ?
demanda le dragon au sorcier.

Comme c'était un dragon poli, il commençait toujours par parler d'autres choses que ce qui l'intéressait vraiment. Avec les jeunes il parlait de la pluie et du beau temps, avec les vieux des rhumatismes et du bon vieux temps.

— Je ne rajeunis pas, dit le sorcier, et l'été n'a pas été ce qu'il était... Enfin ! Et toi, dragon, la santé ?

— On fait aller, sorcier, mais tu arrives à point. Il ne me restait plus rien à manger. Je viens de finir ma dernière sardine à l'huile et il me tardait que tu reviennes.

Le sorcier Astragor était en fait un marchand ambulant. Il voyageait de châteaux en repaires, de tanières en cavernes pour rendre visite aux ogres et aux dragons, aux nains de la montagne, aux elfes et à toutes sortes de créatures un peu différentes de vous et moi, qui n'ont pas l'habitude de faire leurs courses dans les supermarchés.

Il passait une fois par an. Dans les poches de sa cape on trouvait de tout : du savon, de l'eau de lavande, des tee-shirts, de la poudre de Merlinminmin séchée, des bâtons de réglisse, des sardines à l'huile, des pastilles au venin de cobra (contre les moustiques), des glaces à la vanille, des pelotes de fil de fer pour tricoter des cottes de mailles, des bottines fourrées, des piles électriques, des mouchoirs en papier, des paroles magiques contre les poux et les engelures, enfin tout ce dont on peut avoir besoin lorsqu'on est un dragon, seul dans un grand château, loin du monde.

– Que veux-tu cette année ? demanda Astragor le sorcier.

– Comme d'habitude, répondit le dragon. Voyons, une année dure combien, combien de jours, déjà ?

– 365, en général.

– Bien, alors donne-moi 365 boîtes de sardines à l'huile d'olive, si possible.

Le dragon reprit :

– Et une année comprend combien de mois, déjà ?

– 12 mois.

– Alors, sorcier, mets-moi 12 savonnettes !

Le dragon n'était pas vraiment gourmand, mais il y avait une friandise à laquelle il ne pouvait pas résister. Il adorait les savonnettes ! Chaque soir, en s'endormant, il léchait avec délice une savonnette à la lavande. C'était une vieille habitude qui lui laissait la bouche bien propre et lui donnait bonne haleine.

– Tu me passes donc la même commande que l'année dernière, la même que l'année d'avant, et cela depuis 426 ans, constata le sorcier.

– Bien sûr, pourquoi voudrais-tu que je change ?

– Pas de problème ! dit le sorcier en sortant de ses grandes poches 365 boîtes de sardines à l'huile d'olive et 12 savonnettes. Voilà ta commande !

– Et voici pour ton paiement ! dit le dragon en tirant d'une cassette un petit diamant et une belle émeraude rouge. C'est une émeraude très rare, elle est tellement ancienne qu'elle a fini par mûrir, comme une pomme.

Le sorcier Astragor remercia. Il y eut un long silence, le dragon réfléchissait.

Au bout d'un moment, il se décida à parler :

– Tout seul dans ce grand château, je m'ennuie un peu. Je suis bien content que tu sois là. Enfin quelqu'un à qui parler ! Tu sais, sorcier, plus je vieillis, plus je m'aperçois que je suis un dragon ordinaire, vraiment ordinaire, je n'ai pas beaucoup d'idées. Pourtant, je suis bien toujours décidé à faire de grandes choses, demain, mais je ne sais pas lesquelles... Je manque vraiment d'imagination...

– Hum, hum..., toussota le sorcier Astragor.

Il réfléchit un long moment et se racla

la gorge. Ses yeux s'illuminèrent et il s'adressa au dragon :

– Eh bien, je vais te faire un cadeau, cette année. Je vais te donner ce qui te manque le plus, je vais te donner... une idée !

– Tu es un véritable ami, s'écria le dragon, laquelle ?

Astragor se concentra et prit le ton d'un professeur expliquant les règles d'accord du participe passé avec l'auxiliaire être et avec l'auxiliaire avoir, ce qui n'a rien à voir.

– Voilà, dit enfin le sorcier, si tu t'ennuies, si rien ne va vraiment bien, si la vie te semble triste, si rien ne t'intéresse, en un mot si tu manques d'envies et d'idées, c'est parce que tu n'es pas amoureux ! Quand on est amoureux la vie change tout d'un coup. On se sent capable de faire de grandes choses, de déplacer des montagnes. Quand on aime, tout est possible !

– C'est quoi exactement « être amoureux » ? demanda le dragon, intéressé.

– Ah ! dit pensivement Astragor, c'est un vieux souvenir... Être amoureux, c'est être malheureux lorsque la personne qu'on aime n'est pas là... C'est avoir chaud lorsqu'il fait froid, c'est trouver beau un soir d'été même lorsqu'il pleut, parce qu'on est ensemble... Être amoureux, c'est aussi une petite musique qui ne te quitte plus et qui t'aide à vivre... Mais, tout ça, c'est des mots, dragon!... Être amoureux, c'est pouvoir oublier les mots et vivre ensoleillé...

– Tu as déjà été amoureux? demanda le dragon.

– Oui, répondit à voix basse Astragor, il y a bien longtemps... Mais celle que j'aimais a disparu mystérieusement et tous mes secrets de magicien n'ont servi à rien... Je ne l'ai jamais retrouvée...

– Moi, je veux bien être amoureux, merci pour cette idée, mais je ne vois pas comment faire, tout seul dans ce château! Je peux essayer, mais ce sera difficile... Non, je ne vois pas!

– Dragon, dit le sorcier d'une voix forte, il n'y a qu'une solution, une seule : pars! Pars sur les routes et les chemins, rencontre les autres, découvre le monde, vis ta vie, et tu trouveras certainement quelqu'un que tu aimeras et qui t'aimera. Quelqu'un avec qui tu seras bien, avec qui tu voudras vivre longtemps, toujours peut-être...

— C'est une bonne idée, convint le dragon, je n'y avais pas pensé ! Mais les dragonnes sont rares aujourd'hui, où puis-je en rencontrer ?

— Ne te tracasse pas, répondit le sorcier, les temps changent ! Il n'y a pas que les dragonnes ! Pars et ta vie changera. Adieu, dragon ! Il se fait tard et j'ai encore beaucoup de route à faire. Je repasserai ici dans un an et je pense que tu ne seras plus seul, si tu suis mon conseil...

— Merci, Astragor, prince des marchands-sorciers, ton idée est vraiment excellente ! Demain à l'aube, Dragon l'Ordinaire aura quitté le château de ses ancêtres !

Il raccompagna le sorcier à la porte du château.

— Bonne route, Astragor, et que la lune guide tes pas !

— Bonne route à toi aussi ! répondit en

écho l'ombre du sorcier qui s'éloignait dans la nuit.

Et le magicien fut avalé par les ténèbres...

« J'ai dû rêver... », pensa le dragon.

Il se tâta les cornes, se pinça le museau comme on fait d'habitude dans ces cas-là. Il se fit mal et cria. Il était donc bien éveillé ! Alors il décida de s'endormir. La nuit porte conseil...

5

Le dragon s'éveilla avant le chant du coq. Ce n'était d'ailleurs pas difficile puisqu'il n'y avait pas de coq au château.

Il était toujours décidé à partir, à suivre le conseil du magicien. Il avala une sardine à l'huile d'olive et commença à préparer le château pour son départ. Il ferma les 121 volets des 61 fenêtres (il y avait une fenêtre qui n'avait qu'un volet), tourna la clef de la bouteille de gaz, entrouvrit la porte de la glacière. L'électricité ne fonctionnait plus depuis qu'il avait oublié de payer la note.

Il sortit un vieux sac à dos qui avait servi à son parrain lorsqu'il était parti en croisade pour aider le roi à dévorer les infidèles. Il remplit le sac de boîtes de sardines à l'huile d'olive, y ajouta trois savonnettes (on ne savait jamais, le voyage pouvait être long), une paire de pantoufles fourrées et un tube de cirage incolore qu'il gardait en réserve pour faire briller ses écailles au cas où il tomberait amoureux... « C'est vrai, je vais peut-être tomber amoureux ! » pensa le dragon.

Ces mots lui parurent étranges. On tombe amoureux comme on tombe des nues, terrassé par un coup de foudre... On peut aussi tomber de haut, sur un os ! Tomber, c'est descendre, chuter de plus en plus bas. Mais l'amour stoppe la chute, inverse le mouvement. Alors, tomber amoureux, c'est monter de plus en plus haut ?

« Quelle histoire ! » pensa le dragon, qui se remit à ses préparatifs de départ.

L'horizon s'éclairait tout juste, le soleil paressait et tardait à se lever lorsque le dragon ferma la poterne de son château de trois tours de clef.

Depuis qu'il était né, il n'avait jamais quitté son château. Il n'y avait pas pensé !

Il s'assit sur le bord du chemin et, levant le pouce de la main droite en l'air, il fit du stop.

Personne ne le prit. La première raison, c'est que ce n'était ni un militaire en tenue ni une jolie jeune fille. La seconde, c'est que personne ne passa de la matinée, à l'exception d'un vieux lapin qui ne prenait jamais personne en stop, par principe.

Découragé, Dragon l'Ordinaire baissa le pouce et se mit à réfléchir.

Sa réflexion était déjà bien mûre quand soudain il se rappela qu'il avait commis un oubli terrible en faisant ses bagages. Il fallait de toute urgence retourner au château chercher l'anneau magique que lui avait donné sa mère, juste avant qu'elle s'envole vers l'Amérique pour tenter de faire fortune à Las Vegas.

Cet anneau magique était transmis de

dragon en dragon depuis si longtemps qu'on ne se souvenait plus au juste quand un habile joaillier l'avait forgé.

On savait qu'il avait appartenu à Dragon le Drogué, au temps où les hommes n'étaient encore que des poissons, et à Dragon le Dragueur, le traqueur de drakkars.

Aujourd'hui, enfoui sans doute au fond d'une malle poussiéreuse, il appartenait à Dragon l'Ordinaire.

« Impossible de partir à l'aventure sans cet anneau magique », pensa le dragon en franchissant le pont-levis.

Il tourna trois fois la clef dans le sens opposé aux aiguilles d'une montre et la bobinette chut, il grimpa les 752 marches qui le séparaient de sa chambre et commença à farfouiller dans tous ses coffres, dans les tiroirs et les malles, dans les dessertes, les cabinets, les classeurs, les étagères, les commodes, les coffres à jouets et les dressoirs. Comme il ne faisait pas souvent le ménage, il souleva des nuages de poussière.

Il mit un bazar épouvantable dans tout le château et retrouva des choses qu'il croyait avoir définitivement perdues : des vieilles savonnettes à demi léchées encore utilisables, des photos de sa mère quand elle était petite et s'amusait sur les genoux d'Attila, le roi des Huns, et bien d'autres objets très agréables à retrouver mais pas d'anneau magique !

La nuit tombait. Le dragon ordinaire était complètement découragé. Du sommet du donjon au plus profond des oubliettes il avait tout remué, ouvert, vidé, déplacé sans trouver l'anneau.

Il s'assit sur son lit et finit par s'endormir.

Le sol s'approchait du dragon à toute vitesse. Celui-ci allait s'écraser quand il aperçut une forme lumineuse qui lui sembla adorable. Et, en s'écrasant effectivement sur elle, il se rendit compte qu'il tombait amoureux ! Le choc cependant le réveilla et il se demanda si c'était si agréable que ça de tomber amoureux...

Il risqua un œil vers la fenêtre. Le soleil était déjà haut au milieu du ciel.

Une boule de désespoir lui noua la gorge. Comment pourrait-il quitter son château et partir à l'aventure s'il ne retrouvait pas son anneau magique, et comment tomberait-il amoureux s'il restait au château ?

Si seulement une idée lui venait pour retrouver son anneau ! Mais, des idées, on sait qu'il n'en avait pas beaucoup...

Il descendit dans sa bibliothèque. Un tas de livres encombrait le milieu de la pièce. Toutes les étagères avaient été fouillées en vain. L'anneau ne se cachait pas derrière les vieux bouquins. Il en prit un au hasard. Quelquefois, le hasard fait bien les choses. Ce fut le cas. Le livre s'appelait : *Traité magique des anneaux*. Il le feuilleta distraitement et tomba sur le chapitre : « Des anneaux perdus. » Il lut :

Si un anneau est perdu, il importe de le retrouver. Les anneaux magiques jouent parfois des tours à ceux qui les cherchent. Qui le croit à la cave le retrouve au grenier. Qui le cherche le lendemain le retrouve la veille et le vieux proverbe est bien souvent réalité : « Anneau qu'on croit au loin perdu, c'est anneau dans la poche cachu. »

« Drôle de rime, pensa le dragon, mais je ne suis pas plus avancé avec tout ce charabia ! »

En colère, il enfonça ses poings dans ses poches et alors il sentit quelque chose de dur, de rond, de froid, de percé en son centre.

« Qu'est-ce que c'est que ce truc ? » s'interrogea le dragon, qui n'avait pas beaucoup d'idées.

– L'anneau, c'est l'anneau magique ! hurla-t-il de joie.

C'était bien l'anneau de Dragon le Drogué et de Dragon le Dragueur que sortit Dragon l'Ordinaire de sa poche !

C'était un anneau facile à reconnaître. De forme ronde, son centre était vide mais on ne pouvait pas le confondre avec un pneu de bicyclette ou un disque microsillon car il est aussi difficile de glisser à son doigt un disque microsillon ou un pneu de bicyclette que de jouer un rock d'Eddy Mitchell ou de grimper une côte sur un anneau magique.

Encore que... Encore qu'un anneau magique peut avoir bien des pouvoirs et réserver bien des surprises...

Le dragon ordinaire le glissa à son petit doigt et il sentit aussitôt l'anneau se refermer comme des lèvres gourmandes autour d'un esquimau à la pistache.

« C'est bien l'anneau magique, pensa le dragon. Il m'a reconnu et s'est tout de suite attaché à moi. Il ne veut plus me quitter. Je l'avais rangé dans cette vieille veste de voyage sans m'en souvenir ! Maintenant je suis prêt, prêt à tomber amoureux ! En route, j'ai déjà perdu assez de temps ! »

Les 752 marches descendirent jusqu'à la porte, les aiguilles d'une montre firent choir la bobinette, enfin tout se passa comme d'habitude quand un dragon ordinaire quitte le château de ses ancêtres pour partir à l'aventure et tomber amoureux.

Dehors, c'était encore la nuit. Seuls les clins d'œil des hiboux, des chouettes et des chats-huants éclairaient le dragon ordinaire et tentaient de le guider dans le noir épais.

6

A force de tomber et d'attraper des bosses, le dragon essaya de cracher un peu de feu pour s'éclairer. Il se concentra et, à sa grande surprise, une petite flamme sortit de son mufle et s'éteignit très vite, comme un pétard mouillé.

C'était la première flamme de Dragon l'Ordinaire depuis 426 ans ! « Ma flamme se ravive ! pensa le dragon tout joyeux. Je ne vais pas tarder à tomber amoureux ! »

Là-dessus il se prit les pieds dans les racines d'un vieux chêne et s'étala de tout son long. Dans les taillis il aperçut deux yeux gris et brillants, sans doute des yeux de loup, méfiants, qui le guettaient. « Qu'il vienne un peu se frotter à moi, pensa le dragon, et je lui grille les moustaches ! »

Prudent, le loup passa son chemin.

Alors, très content de lui malgré ses bosses, le dragon s'endormit dans le fossé.

Un meuglement très puissant le sortit de son sommeil. Le dragon sentit une haleine chaude et poisseuse qui le reniflait. Il ouvrit les yeux et les referma aussitôt en hurlant. A quelques centimètres de son visage, une bête effroyable s'apprêtait à le dévorer. Il voulut souffler un jet de flammes, mais dans son émotion il ne réussit qu'à avaler sa salive de travers et à s'étouffer.

L'animal monstrueux releva la tête, et le dragon, reprenant son souffle et ses esprits, vit que c'était un gros bœuf qui lui avait fait si peur.

Le ciel, à l'est, commençait à rosir. Comme une ombre chinoise, le château du dragon se détachait au loin.

Un homme s'avança, tenant une lanterne à la main. Le dragon sortit du fossé où il avait passé la nuit.

– Que se passe-t-il ? Calme, Robor ! Ah ! Hia ! Da ! Calme ! dit l'homme en apaisant le bœuf.

– Bonjour monsieur, dit poliment le dragon. Excusez-moi, je crois que je suis la proie involontaire de votre bœuf. Il m'a pris pour une touffe de pissenlit et s'apprêtait à me brouter !

– Il est un peu myope, répondit l'homme en examinant le dragon à la lueur de sa lanterne. C'est un vieux bœuf usagé qui aurait dû prendre sa retraite, mais je n'ai rien trouvé d'autre dans ce fichu pays pour traîner mon camion.

– Votre camion ? interrogea le dragon.

– Bien sûr, un très bon camion d'ailleurs, venez voir !

A la lumière de son fanal, l'homme éclaira un vieux camion bâché qui datait bien d'avant la guerre de Cent Ans tellement il était en piteux état.

Le malheureux bœuf essayait de traîner ce tas de ferraille rouillé et cabossé.

Sur la bâche du camion était peint en lettres rouge et or à demi effacées :

PAPUZIO CIRCUS
en vedettes
LOLITA, la danseuse turque
le magicien ROMAYOR
les clowns jumeaux PIPO et POPI
MONSIEUR VICTOR,
l'homme le plus fort du monde
LA TARASQUE DE TARASCON,
le monstre le plus horrible de la terre
etc., etc.

A l'arrière, sur la bâche, était seulement inscrit :

PAPUZIO CIRCUS
propriétaire et directeur
EMILIO PAPUZIO

— Emilio Papuzio, le grand Papuzio, c'est moi, dit l'homme à la lanterne. Je n'ai pas mis « le grand » sur le camion, par modestie. C'est moi le propriétaire, le président-directeur général et en plus le fondateur de cette célèbre troupe de cirque ! Moi, Emilio Papuzio, ici présent devant vous en chair et en os, en cette journée qui s'annonce radieuse !

Il fit un large salut et demanda :
— Et vous, c'est comment ?
— Moi, répondit le dragon, c'est Dragon l'Ordinaire. Je suis un dragon, ma foi, très, très ordinaire... J'habite, enfin j'habitais dans le château que l'on aperçoit au fond.
— A dire vrai, répondit Papuzio, car je suis un homme franc, je vous trouvais un air pas vraiment comme tout le monde. Avec vos cornes, vos écailles, je vous trouvais comme un faux air de dragon !
— Vous êtes tombé juste, mais un dragon tellement ordinaire !
— Mais non, mais non ! Un très beau dragon, un magnifique dragon comme on aimerait bien en rencontrer souvent ! reprit aussitôt le propriétaire du cirque, qui se méfiait de tous les monstres et savait flatter les gens. Nous nous sommes permis de passer sur vos terres. Nous avons eu tellement de malheurs ! Vous savez, nous autres les artistes, tout le monde veut nous admirer, nous applaudir, on se bouscule à l'entrée de

notre cirque — c'est d'ailleurs un spectacle inoubliable —, nous sommes célèbres dans le monde entier. Mais, quand nous avons quelque problème, la moindre difficulté, tout le monde nous abandonne... Tenez, depuis six mois nous étions en tournée princière. De château en château ! Les rois, seigneurs et présidents nous réclamaient dans leurs somptueux palais. Eh bien, avant-hier, mon camion subitement est tombé en panne !

– Il est un peu..., enfin légèrement usagé..., essaya de dire le dragon.

Emilio Papuzio ne lui laissa pas le temps d'en dire plus, il coupa :
– Mais non, c'est un excellent camion ! Il est encore en parfait état comme vous pourriez le constater si vous connaissiez la mécanique ! Je l'ai payé une fortune il y a vingt ans. C'était une superbe occasion ! Donc, avant-hier nous tombons en panne. Nous venions de terminer notre spectacle sur une place de marché. Tout le monde était ébloui par la beauté des numéros de cirque, par la splendeur des costumes. Une féerie pour tous ces paysans habitués aux tristes spectacles de la

télévision ! Eh bien, au moment de repartir, après avoir replié le chapiteau, le camion refuse de démarrer ! Pas un garagiste n'a voulu le réparer ! Un camion presque neuf ! Soigneusement entretenu ! « Il faudrait tout changer ! » disait l'un. Évidemment, aujourd'hui, ces paresseux ne savent plus réparer, ils préfèrent changer, changer ! Quelle époque ! « Seul le rétroviseur est en état ! » disait un autre. « Et encore ! » renchérissait un troisième. Alors j'ai trouvé ce bœuf, qui m'a coûté d'ailleurs une fortune ! Ah ! mais, si je n'avais eu que ce malheur !

— Mon pauvre monsieur, réussit à placer le dragon ordinaire, vous qui présentez pourtant des choses si extraordinaires !

— Justement ! gémit le bavard Papuzio.

Il s'assit sur le bord de la route, les pieds dans le fossé, et regarda le dragon d'un drôle d'air. Il reprit :

— Justement, il nous est arrivé un autre malheur sur ce maudit marché ! La Tarasque de Tarascon s'est enfuie ! Une bête ex-tra-or-di-naire ! La plus horrible créature qu'on ait jamais vue ! Une sorte de dragon, repoussant, effroyable, horrible, terrifiant ! Une abomination ambulante ! Quel succès ! Dans chaque ville je faisais un triomphe avec cette merveille ! Elle s'est enfuie !

Emilio Papuzio prit sa tête entre ses grosses mains et se mit à sangloter.
— Elle-s'est-en-fuie ! répétait-il entre deux hoquets.
— Ne pleurez pas, dit le dragon gentiment, ça ne sert à rien, je suis sûr que vous en trouverez d'autres ! Mais pourquoi s'est-elle enfuie ?
— Comment savoir avec ces maudites bestioles ! reprit Papuzio. Excusez-moi, je ne parle pas pour vous !

En quelques secondes il sécha ses larmes, devint tout rouge et entra dans une violente colère. Il se mit à hurler :
— Satanée Tarasque ! Elle ne manquait pourtant de rien ! Elle était choyée, dorlotée ! Je la traitais comme ma propre fille !
Une voix sortit soudain de dessous la

bâche du camion, une voix de femme en colère :

— Papuzio, si tu l'avais mieux nourrie, ta Tarasque, au lieu de la forcer à manger des ordures, si tu l'avais moins battue, elle serait encore là !

Il y eut un grand silence. La bâche remua. Un visage de femme apparut par une fente de la toile.

La femme ajouta seulement :

— Dégoûtant personnage !

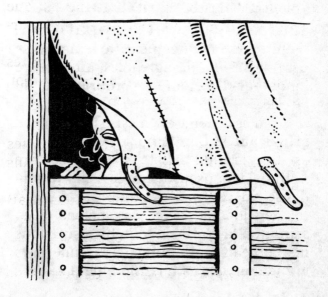

7

Le dragon ordinaire sur-
sauta devant cette apparition.
Il était très choqué que cette femme dise
des choses si désagréables au célèbre
fondateur-directeur et propriétaire du
cirque.
– Ce n'est rien, ce n'est rien, dit en
grimaçant le bon Papuzio. Cette femme
est une grande artiste. C'est la célèbre
Lolita, la danseuse turque. Elle fait la
danse du ventre en équilibre sur un fil
tout en jonglant avec des melons et en
sautant à la corde, le tout, bien sûr, dans
un cerceau enflammé. C'est une très
grande artiste. Mais, comme tous les

grands artistes, elle a mauvais caractère !

La voix derrière la bâche cria :
— Tu peux dire aussi que je nettoie ton
ordure de camion, que je fais ta cuisine,
ta vaisselle, que je lave tes chaussettes,
que je soigne ton fichu bœuf, que je ne
mange pas à ma faim et que je couche
sur du fumier !

Le rire de Papuzio devint très jaune, il
coupa avec violence :
— Ne l'écoutez pas, c'est son mauvais
caractère, mais c'est une femme...
exquise !
— En effet, quelle belle femme ! dit le
dragon pour être aimable.
— Ah oui ! c'est une femme magnifique,
approuva Papuzio, mais, voyez-vous,
elle en profite parce qu'elle est belle. Et
moi, la crème des hommes, quand une
femme est à la fois une grande artiste et
une femme splendide, je ne peux rien lui
dire. Je suis tellement galant !
— Galant, qu'est-ce que cela veut dire ?
demanda le dragon.
— Voyons, mon cher Dragon — permettez-moi de vous appeler « mon cher

Dragon » —, être galant, la galanterie, c'est être toujours poli, gentil, attentionné, agréable avec les femmes. Par exemple, ouvrir la porte de ce camion à une dame, ne pas lui couper la parole, lui offrir les meilleurs morceaux à table. Ceux qui renversent les femmes dans la boue, ceux qui leur postillonnent dans la figure ou qui les injurient ne sont pas vraiment galants... Les femmes adorent qu'on leur dise des poèmes. Ça, c'est la vraie galanterie !

— Mais pourquoi seulement les femmes ? demanda le dragon.

— Parce que, dit Papuzio d'une voix de théâtre, parce que, pour nous autres les hommes, les vrais, pour les vrais dragons d'ailleurs c'est pareil, les femmes, c'est l'Amour ! L'A-mour avec un grand A !

Le dragon se rappela qu'il devait tomber amoureux. Que ce serait le remède à tous ses malheurs, à son ennui. Il demanda :

— Si je suis attentionné, aimable, gentil, si je récite des poèmes, enfin, si je suis galant, je peux tomber amoureux ?

– Évidemment ! Comment croyez-vous que font les hommes, les vrais, depuis toujours ? répondit Papuzio.

– Je vais vous faire une confidence, dit alors le dragon tout bas dans l'oreille de Papuzio, car vous me semblez un honnête homme. Voilà, si j'ai quitté mon château, si vous me voyez courir les routes et risquer ma vie dans cette folle aventure, c'est parce que je veux tomber amoureux... Peut-être pourriez-vous m'aider ? Vous semblez si brave, si désintéressé...

– Moi ? Moi, répondit Papuzio, la main sur le cœur, je suis la perle des perles ! « Tout pour moi, rien pour les autres ! » Pardon ! « Tout pour les autres, rien pour moi, et le plus beau, c'est Papuzio ! » Voilà ma devise !

Papuzio se tut, ce qui ne lui arrivait pas souvent. Il pensait tout bas (lorsqu'on pense tout haut, on ne pense plus, on parle), il pensait donc que ce dragon pourrait peut-être devenir intéressant, très intéressant...

8

– Vous prendrez bien quelque chose ? demanda mollement le directeur du Papuzio Circus.

– Ma foi, répondit le dragon en montant à l'avant du camion près du conducteur, si vous avez une sardine à l'huile ?...

Papuzio dénicha sous la banquette une vieille boîte rouillée.

– Elles sont délicieuses, remercia le dragon, qui trouvait les sardines rances et moisies mais voulait se montrer bien élevé.

Papuzio se versa un grand verre de rhum et cria, en se tournant vers l'arrière du camion qui était séparé de la cabine par un rideau :

– Lolita, mon café, en vitesse !

– Fais-le toi-même ! répondit la voix de Lolita.

– Tu veux du fouet ? hurla Papuzio.

– Vous frappez cette dame ? s'inquiéta le dragon. Ce n'est pas très galant !

– Non, non ! se hâta de dire Papuzio, c'est juste une petite plaisanterie entre nous, nous autres les grands artistes !

Il regarda le dragon dans les yeux :

– Ça vous plairait d'être un artiste ?

Sans hésiter, le dragon répondit que, bien sûr, ça lui plairait, mais que, hélas, il ne savait rien faire...

– Vous pourriez jouer la comédie, faire trembler les foules, cracher du feu !

– Pour le feu, je suis un peu essoufflé, dit piteusement le dragon.

Papuzio se leva et fit de grands moulinets avec ses bras. Il proclama :

– Eh bien moi, le grand Emilio Papuzio, célèbre directeur du magnifique Papuzio Circus, je vous engage comme artiste. Votre nom sera inscrit sur ce camion, en lettres d'or :

DRAGON L'ORDINAIRE,

la plus magnifique terreur de la terre !

— Vous me flattez, dit modestement le dragon, je ne sais pas si je saurai...
— Dans le spectacle, il faut parfois un peu exagérer, affirma Emilio Papuzio. D'ailleurs, vous êtes très beau pour un dragon, et vous m'avez l'air terriblement intelligent ! Si, si, ne dites pas le contraire !
— Hélas ! dit le dragon, je n'ai pas d'idées...

Papuzio sembla réfléchir et proposa :
— Faisons un marché. Devenez un artiste. J'aurai des idées pour vous. Il vous suffira simplement de m'obéir. Quelle vie merveilleuse ! Plus de soucis ! D'accord ? Je vous engage tout de suite dans ma troupe ! Vous n'aurez qu'à suivre mes ordres, les ordres d'un grand artiste, et votre vie deviendra un paradis.

Le dragon hésita.
La proposition du directeur était séduisante. Devenir un grand artiste dans un célèbre cirque alors que tant de gens cherchaient du travail...

Il répondit à regret :

— Hélas, mon bon monsieur Papuzio, en toute autre circonstance, j'aurais été très flatté de partager votre succès et de venir avec vous, mais, si j'ai quitté mon château, c'est d'abord et avant tout pour tomber amoureux. Je ne dois pas changer d'idée, c'est d'ailleurs la seule que je possède, la seule qu'on m'ait donnée. Je ne veux pas être tenté plus longtemps. Adieu donc, mon cher monsieur. J'ai été très heureux de rencontrer un homme aussi célèbre que vous. Peut-être un autre jour pourrai-je accepter votre très belle proposition, mais aujourd'hui je dois partir sur les routes du monde. Adieu, et merci pour les sardines !

D'un petit bond, Dragon l'Ordinaire sauta du camion et s'éloigna sur le chemin d'un pas pesant.

Il avait le cœur gros d'avoir raté une si belle carrière, mais l'Amour, qui exige des sacrifices, était le plus fort.

9

« Je ne peux pas le laisser filer comme ça ! pensa Papuzio. Depuis que cette maudite Tarasque s'est enfuie, mon cirque ne vaut plus rien ! C'est elle qui attirait tous les spectateurs ! Ce dragon est exactement la bête que je recherche. Je pourrais l'emprisonner dans une cage, mais je n'ai pas de cage... Il me semble costaud, il faut rester prudent. Ah ! s'il n'avait pas cette stupidité de vouloir tomber amoureux ! »

Papuzio réfléchit intensément et s'écria soudain :

– Bon sang, mais c'est bien sûr ! Il va

pouvoir tomber amoureux au cirque Papuzio!... Lolita! hurla le directeur, Lolita, ici!

— Quoi encore? répondit la voix de la femme sortant de l'ombre à l'arrière du camion.

Papuzio ouvrit le rideau qui séparait l'arrière du camion de la cabine. Au milieu des accessoires de cirque, des bâches et des cordages, sur une litière de paille, deux formes sombres étaient allongées.

— Debout, paresseuse! beugla le directeur du cirque. Viens ici, j'ai à te parler!

Sans se presser, Lolita s'avança vers Papuzio. L'autre forme, toute petite, tassée dans le foin, gémit, se roula en boule et sembla se rendormir.

Lolita, la célèbre danseuse turque, était encore une belle femme, entre deux âges, c'est-à-dire plus très jeune. Les années l'avaient épaissie, ses traits étaient creusés par la fatigue, mais elle gardait une fierté et une force qui lui donnaient toujours une grande beauté.

— Tu as remarqué ce dragon? interrogea Papuzio.

— Je l'ai juste aperçu..., répondit la femme.

— Comment le trouves-tu ?

— C'est un dragon, c'est tout ! Rien à dire d'autre sinon que les dragons se font de plus en plus rares de nos jours !

— Il ne te plaît pas ? demanda Papuzio.

— Non, pas particulièrement ! s'étonna la danseuse.

Le directeur du cirque prit un ton sévère et dit en hachant ses mots :

— Eh bien, qu'il te plaise ou non, tu vas te débrouiller pour qu'il tombe amoureux de toi !

— Tu es complètement fou, Papuzio !

— Et toi, tu es une sotte, qui ne voit pas plus loin que le bout de son nez. Ce dragon, il me le faut dans ce cirque, tu comprends ! Il remplacera la Tarasque qui s'est enfuie. Ce dragon a une obsession, une idée fixe : il veut tomber amoureux ! S'il tombe amoureux de toi, il nous suivra partout !

— Tu veux encore faire un malheureux, une victime de ta folie !

— Tais-toi, Lolita ! Je t'ordonne, tu entends, je t'ordonne de séduire le dragon! hurla Papuzio. Il doit tomber amoureux de toi, aujourd'hui même...

— Et si je refuse ?

— Tu oublies celle qui est en mon pouvoir... Si tu refuses, Lolita, dit Papuzio d'une voix qui n'admettait pas la discussion, si tu refuses, tu ne reverras plus jamais ta fille, Rhapsodie, que je garde en otage dans un lieu secret !...

10

Après quelques heures de marche, le dragon était arrivé dans une petite ville. Assis à la terrasse d'un bistrot, sur la grand-place, il se reposait et reprenait des forces en aspirant à la paille une grenadine à l'eau de bulles. Il regardait distraitement le garde champêtre qui collait des affiches sur le mur, en face, lorsque soudain il lut :

Ce soir dans votre ville
le célèbre PAPUZIO CIRCUS
vous présentera
LES PLUS GRANDS NUMÉROS DU MONDE,
ce soir, sur cette place.

Dragon l'Ordinaire sentit son cœur se coincer. Un frisson nacré courut le long de ses écailles. Il se souvint de la proposition du directeur, le matin même, et regretta un peu de ne pas avoir accepté.

Il n'était toujours pas tombé amoureux...

La serveuse vint pour encaisser le prix de la grenadine. Jeune et jolie, elle offrit à Dragon son plus magnifique sourire, et ce fut comme si un coup de baguette magique venait de le transformer en un gros tas de bonheur.

– Combien vous dois-je, mademoiselle ? bredouilla le dragon en découvrant 64 dents bien brillantes, dans un large sourire.

– Quatre dinarus et cinquante centimas, répondit la serveuse sans cesser de sourire.

« Ça y est, je tombe amoureux ! » pensa le dragon.

– Tenez, dit-il. Il sortit de son gousset une belle pièce brillante : gardez toute la monnaie. Permettez-moi de vous prier d'avoir l'obligeance de vouloir bien vous asseoir un instant près de moi. Il ajouta pour être vraiment galant : s'il vous plaît !

— Avec plaisir, répondit la serveuse en déchirant le ticket. Comment vous appelez-vous ?

« Ça y est ! Ça y est ! pensa le dragon, je tombe ! je tombe amoureux ! »

Il se raccrocha bien vite aux accoudoirs de son fauteuil et répondit : ... il ne répondit rien, il était trop ému pour répondre, il avait tout oublié, son nom, son âge, son château, son voyage... Dans sa tête il ne restait plus que quelque chose de très chaud et de très vide...

La serveuse répéta sa question. Dragon se ressaisit de justesse et bafouilla :

— Dragon, Dragon l'Ordinaire... Et vous, gente demoiselle ?

— Rosinette, répondit la serveuse.

— Ah ! Rosinette, Rosinette ! quel prénom magnifique ! Je vous ouvrirai toujours les portes des camions, Rosinette ! A propos, aimez-vous la poésie ?

— La poésie, j'adore !

— Eh bien, Rosinette, laissez-moi vous chanter ce petit poème que j'im-

provise pour vous tout spécialement !

Très content de lui-même et de sa galanterie, Dragon s'éclaircit la voix, gonfla ses écailles et déclama :

> *Oh ! belle Rosinette,*
> *Vos yeux sont une fête*
> *Et font tourner la tête*
> *Au dragon, au dragon qui, au*
> *dragon que... voyons,*
> *Au dragon qui est une grosse*
> *bête... Non, ça ne va pas...*

Le dragon reprit, un peu piteux de s'être arrêté en chemin :

> *... Et font tourner la tête*
> *Au dragon qu'est tout bête*
> *De vous voir Rosinette !...*

— Ça vous plaît ? C'est joli ? demanda-t-il très vite, anxieux...

— Très joli, répondit gentiment la serveuse.

Le dragon s'enhardit :

— Eh bien, Rosinette, je vais vous faire une confidence...

Il approcha sa chaise de celle de la jeune fille et reprit :

– Rosinette, il y a des signes qui ne trompent pas, je viens de tomber amoureux de vous ! Qu'en dites-vous ?

La serveuse regarda Dragon l'Ordinaire d'un air bizarre et répondit assez sèchement :

– Rien ! Vous êtes le quatrième depuis ce matin...

– Oh ! Rosinette ! s'écria le dragon, alors vous ne m'aimez pas ? Pourquoi ?

– Je suis jolie, d'accord. Je suis jeune, d'accord. Mais croyez-vous qu'il suffise d'un sourire échangé pour que je tombe amoureuse de tous mes clients ?

Rosinette vit le dragon virer au violet, ce qui est très mauvais signe chez les gens de son espèce. Elle lui prit la patte doucement et continua :

– Croyez-moi, ce n'est pas parce que vous êtes un dragon, vous êtes certainement très gentil et je ne veux pas vous faire de peine, mais l'amour, c'est autre chose. Un sourire ne suffit pas, et l'amour, ça se partage !

Elle déposa un baiser sonore sur la joue du dragon, se leva et dit en souriant un peu tristement :

– A bientôt peut-être, je suis sûre que l'avenir vous réserve des surprises, de bonnes surprises...

Et elle s'éloigna d'une démarche de danseuse.

Le dragon, très malheureux, resta un moment assommé par cette première déception amoureuse. « Ainsi, pensa-t-il, il ne suffit pas que moi je tombe amoureux, pour que celle que j'adore soit aussi automatiquement amoureuse de moi... Que tout cela est compliqué ! »

Des larmes de dragon, évidemment beaucoup plus grosses que celles des crocodiles, jaillirent de ses yeux sur la table et coulèrent sur les pavés de la grand-place, entraînant avec elles toutes les illusions du dragon.

« Combien de jours, combien de déceptions, combien de refus devrai-je subir avant de rencontrer vraiment l'Amour ?... Quel malheur d'être un simple dragon très ordinaire... A quoi bon vivre ?... »

Désespéré, le dragon n'eut pas la force de chasser le crabe noir du désespoir qui commençait à lui dévorer le cœur...

11

C'est exactement à ce moment que des cris joyeux le sortirent de sa torpeur. A l'entrée de la grand-place, une farandole d'enfants entourait en gesticulant un vieux camion rouillé et cabossé, un antique tas de ferraille traîné par un bœuf poussif.

Le célèbre Papuzio Circus faisait son entrée triomphante dans la ville.

Le dragon reprit instantanément sa belle couleur verte. Maintenant, il avait une envie folle d'aller assister à la représentation du cirque, mais il craignait de succomber à la proposition de Papuzio de devenir artiste... Puisqu'il devait à tout prix tomber amoureux, il devait

rester libre pour courir le monde...
Comment faire ?

Finalement, il décida d'assister quand
même à ce merveilleux spectacle.

« Rien ne m'empêche d'y aller discrètement, de passer inaperçu, sans me
faire reconnaître... Et, au moins, je sau-
rais ce qu'est une représentation donnée
par un grand cirque... »

Il pensa à Rosinette. Quel plaisir
galant il aurait eu à l'emmener avec lui
voir les fantastiques numéros du Papuzio Circus ! Une bulle de tristesse s'ar-
rondit à ce souvenir dans le ventre du
dragon, remonta et vint crever dans un
grand soupir sonore. Avec elle disparut
l'image de Rosinette.

Au loin, au milieu de la place, le
cirque prenait forme.

Dragon apercevait Papuzio qui gesti-
culait autour du camion. Mme Lolita et
un nain, aussi haut que large, déchar-
geaient des bâches, des poteaux et des
cordages.

Au bout d'une heure, le petit chapiteau se dressa comme une carapace de
tortue qu'on aurait lentement gonflée.

Papuzio, vêtu d'un habit râpé de général d'Empire, battait du tambour dans l'espoir de faire venir les curieux. Des enfants riaient, dansaient et montraient du doigt le nain.

Lorsque vint l'heure de la représentation, quelques personnes, après avoir donné des pièces au directeur, entrèrent sous la bâche. Sur une vieille pancarte, deux lanternes éclairaient ces mots peints en rouge rehaussé de jaune :

PAPUZIO, LE CIRCUS DES CIRCUS

Dragon, de loin, vit Papuzio qui tournait la manivelle d'un vieux phono à pavillon. Une musique de cirque éraillée sortit du chapiteau, rampa sur la grand-place et vint frapper aux portes des maisons du village pour inviter les habitants à la suivre jusqu'au cirque.

« C'est le moment d'y aller si je ne veux pas rater le début, pensa Dragon. Ce sera difficile de passer inaperçu... »

Il prépara quelques pièces, mais, lorsqu'il arriva devant le grand Papuzio, celui-ci le reconnut aussitôt et l'accueillit avec de grandes exclamations :

– Mon cher Dragon! Quel plaisir de vous revoir! C'est un hasard extraordinaire que nous nous soyons retrouvés! Mais il n'est pas question que vous payiez! Vous êtes mon invité d'honneur!

Le dragon se confondit en remerciements et dit qu'il était là par hasard et de passage.

« Tout marche comme prévu, pensa Papuzio. J'étais sûr de le retrouver dans cette ville puisque la route ne va pas plus loin et qu'ensuite il faut faire demi-tour! Je me doutais bien qu'il ne pourrait pas résister à l'envie d'assister à une représentation du cirque... Je le tiens! Maintenant, c'est à Lolita de jouer! »

Le dragon s'installa sur un banc, au premier rang. Il aperçut Papuzio qui refermait la bâche de l'entrée et qui courait dans les coulisses parler à Mme Lolita.

Sur les gradins, une trentaine de personnes, surtout des enfants, attendaient en parlant fort et en montrant du doigt Lolita, Papuzio et le nain qui se découpaient en ombres chinoises derrière un rideau, dans les coulisses, éclairés par la lueur vacillante d'une torche.

M. Papuzio semblait en grande discussion avec Mme Lolita.

– Lolita, disait le directeur, le dragon est ici. Tu sais ce qu'il te reste à faire : je veux qu'il tombe amoureux de toi !
– Tu es vraiment une fripouille ! répondit d'une voix rauque la danseuse.
– Débrouille-toi comme tu voudras, mais le dragon ne doit plus nous quitter ! C'est un ordre, sinon !...

Lolita baissa la tête. Elle savait qu'il fallait obéir, sinon ?...

Sinon, elle ne reverrait jamais plus Rhapsodie, sa petite fille.

Et le spectacle commença...

12

Le garde champêtre en grande tenue, sa femme en robe à fleurs du dimanche et leurs onze enfants, au premier rang, attendaient, impatients, le début du spectacle. A côté d'eux, très attentif, Dragon l'Ordinaire se tenait raide comme un mât de cocagne.

Comme le garde champêtre avait collé des affiches, Emilio Papuzio, en remerciement, lui avait offert des places gratuites.

Le reste de la maigre assistance était composé d'enfants qui s'excitaient dans l'attente du spectacle, de grands-parents bien sages et de quelques galopins qui s'étaient faufilés sans payer par les multiples trous de la tente.

De grosses lampes à pétrole éclairaient la petite piste ronde.

Le grand Emilio Papuzio, dans son uniforme rapiécé, s'avança dignement. D'un large coup de chapeau il salua l'assistance, semant à tout vent les plumes de son bicorne mité. Il fit claquer trois fois un long fouet et commença :

— Monsieur le Garde champêtre et Madame, Mesdames, Mesdemoiselles, Messieurs qui nous faites le grand honneur d'assister à notre magnifique représentation, votre belle ville a la chance d'accueillir, en ce jour qui restera gravé dans toutes les mémoires, la troupe prodigieuse du fantastique cirque Papuzio dont je suis le modeste directeur, fondateur et propriétaire !...

Comme les applaudissements ne venaient pas assez vite à son gré, le modeste directeur fit claquer trois fois son fouet.

— Mais sans plus attendre, reprit-il, de

la gaieté, de l'humour, de la joie et du bon goût ! Voici les célèbres clowns du théâtre, du cinéma, de la radio, de la télévision du monde entier ! Voici deux véritables jumeaux et qui plus est deux véritables frères, j'ai nommé les clowns Pipo et Popi !

– Tout le monde applaudit, tout le monde rit ! hurla Papuzio.

Un nain entra. Dragon l'avait aperçu lorsqu'il montait le chapiteau. Il était vêtu de vêtements trop longs et trop larges qui accentuaient son aspect difforme. Il portait un gigantesque nœud papillon fluorescent, assorti à la pointe de ses chaussures immenses. Il traînait une énorme caisse, deux fois haute comme lui...

– Bonjour tout le monde ! s'écria le clown d'une grosse voix qui contrastait avec son allure enfantine. Bonjour, monsieur le Directeur, monsieur Papuzio !

Celui-ci lui rendit son salut et demanda :

– Dis-moi Pipo, où est passé ton frère jumeau Popi, celui qui est exactement pareil à toi ?

– Chut..., répondit Pipo, il mange...

– Il mange ? Alors que tout le monde travaille ici ! gronda Papuzio.

– Il mange dans cette boîte, reprit Pipo. Écoutez...

On entendit un ronflement sonore et le dragon reconnut la voix de Lolita, cachée derrière le rideau, en coulisses.

– Mais j'entends ronfler ! remarqua Papuzio.

– C'est normal puisqu'il dort dans cette boîte ! affirma Pipo.

– Il dort ? Mais tu viens de me dire qu'il mangeait...

– Et alors ? Qui dort dîne ! s'esclaffa le clown.

– Ha ! ha ! ha ! C'est très drôle, bravo ! cria le directeur. Tout le monde rit, tout le monde applaudit !

Le dragon trouvait ça vraiment très nouveau et très comique. Il claquait ses deux grosses pattes avant l'une contre l'autre et il en aurait bien fait autant avec ses pattes arrière, mais il n'était pas sûr que cela se fasse devant une si noble société.

Papuzio reprit :

– Eh bien, Pipo, réveille ton frère, le signor Popi, ton jumeau, exactement pareil à toi !

Le clown Pipo ouvrit l'avant de la caisse. Celle-ci était complètement vide...

– Alors, où est-il ? demanda Papuzio.

– Il doit se cacher, répondit Pipo. Je vais le chercher !

Il entra dans la caisse et referma la porte.

– Hé Pipo, tu le trouves ?

On entendit la voix de Pipo, à l'intérieur de la caisse, qui disait :

– Ça y est, je l'ai trouvé, le voilà, le voilà !

Une porte s'ouvrit derrière la caisse et un clown nain sortit en bâillant.

Il était exactement semblable à celui qui venait d'entrer dans la boîte, avec un gros nœud papillon assorti à la pointe de ses chaussures immenses.

– Tiens ! bonjour, monsieur Papuzio ! dit le clown. Bonjour, tout le monde ! Avez-vous vu mon frère jumeau Pipo ?

– Bonjour Popi ! s'écria Emilio Papuzio. Ton frère jumeau te cherchait. Il est justement dans cette caisse, d'où tu sors !

— Bizarre, je ne l'ai pas vu... Je vais le chercher, j'ai des choses très importantes à lui dire...

Il ouvrit la porte avant de la caisse.

Elle était vide...

— Où est-il passé ? demanda Papuzio.

— Il se cache sûrement, dit Popi. Je vais le chercher.

Il entra dans la caisse et referma la porte derrière lui. On l'entendit qui disait :

— Ça y est, je l'ai trouvé, le voilà !

Et le clown Pipo sortit par l'arrière de la caisse.

— Vous n'avez pas vu Popi, mon frère jumeau ? demanda Pipo.

— Il vient juste d'entrer dans cette caisse, répondit Papuzio.

— Je vais le chercher, dit le clown en ouvrant la porte et en la refermant derrière lui.

Le directeur du cirque fit claquer son fouet trois fois pour réveiller le garde champêtre qui commençait à s'endormir.

— Alors, où sont-ils, les enfants ? Où sont les célèbres clowns, les frères jumeaux Pipo et Popi ?

Le dragon réfléchissait à s'en faire mal à la tête, mais il ne pouvait vraiment pas répondre. Il n'avait pas d'idée...

Les enfants hurlèrent en chœur :
— Dans la caisse ! Dans la caisse !

Papuzio, d'un grand geste théâtral, ouvrit la porte de la caisse. Seul un des clowns jumeaux, Popi ou Pipo, se trouvait dans la caisse. L'autre avait disparu...

Le dragon n'en croyait pas ses yeux ! Jamais il n'aurait imaginé que de telles choses extraordinaires puissent se produire. Faire disparaître un des deux clowns, c'était de la magie pure ! Décidément, Papuzio et sa troupe étaient de très grands artistes ! Le clown et sa caisse disparurent derrière le rideau du fond.

— On applaudit plus fort que ça ! hurla Papuzio en claquant du fouet. Allez, encore plus fort !

Il gonfla sa poitrine, fit son plus beau sourire et enchaîna :
– Le numéro suivant !

13

– **Venue des contrées hyperboréennes**, retour du Lapon, d'Amérique lapine et de Madamegaspard, j'ai l'honneur et l'avantage de vous présenter la fameuse équilibriste : Mme Lolita.

Le fouet claqua, suivi des applaudissements du public qui commençait à comprendre quand il fallait se manifester.

– Lolita, pour vous seuls, va exécuter un extraordinaire numéro qu'elle a présenté pas plus tard qu'hier devant l'empereur de Bosnic-Herzégoviaque et le prince héritier de Trichemanie ! Lolita, en équilibre périlleux sur un fil, va traverser la rivière aux crocodiles! On applaudit! Plus fort!

Le fouet claqua. L'assistance s'arrêta de respirer et la belle Lolita entra en piste.

Elle était vêtue d'une longue cape rouge qui avait dû être splendide à l'époque de Charles le Téméraire mais que le temps et l'usure avaient réduite au lamentable état de serpillière. A force de traîner par terre, le tissu s'était complètement effrangé, et le col, sans doute en fourrure à l'origine, ne présentait plus qu'une bande de cuir noirâtre, piquée, çà et là, d'un poil tortillé, semblable aux fesses râpées d'un vieux singe galeux.

D'un geste décidé, Lolita tendit sa guenille au clown Pipo (ou Popi) et salua le public.

Dans son sourire crispé, dans ses yeux noirs et brillants, on devinait une volonté farouche mais aussi un désespoir contenu semblable à celui des grands fauves en cage.

Papuzio s'approcha d'elle et lui souffla quelques mots à l'oreille :

— Rappelle-toi, ce dragon doit tomber amoureux. Ce sera facile, il me semble stupide...

Il se tourna vers le public, fouetta l'air et déclara :

— Pour ce très grand numéro, il faut imaginer que vous êtes dans la jungle, perdus dans la forêt vierge. Une troupe de lions féroces poursuit en rugissant la belle Mme Lolita. Les serpents sifflent, les tigres feulent, les loups hurlent ! Pour se sauver, Mme Lolita doit traverser une large rivière peuplée de crocodiles affamés ! Il n'y a pas de pont. Seule est tendue au-dessus des tourbillons une corde, une liane comme celle-ci.

Tout en parlant, Papuzio tendit une vieille corde en travers de la piste, accrochée à deux piquets, à hauteur de ceinture. Sa voix puissante, en tremblant, continuait :

— Le moindre faux pas, et Mme Lolita est déchirée par les crocodiles ! Si elle recule, les hyènes, les boas et toutes les autres bestioles la dévorent ! Malgré ces dangers terribles, mesdames et messieurs, Mme Lolita va tenter de franchir la rivière sur cette liane. Si vous ne voyez pas les bêtes féroces, c'est que nous voulons vous épargner le risque d'être vous-mêmes dévorés, mais, croyez-moi, Mme Lolita, elle, court un danger mortel !

Le nain frappa un long roulement de tambour. Papuzio, tremblant, réclama le silence le plus total et s'écria, affolé :
– Les lions arrivent, vite, madame Lolita, traversez la rivière, c'est votre seule chance de salut !

Lolita grimpa sur un tabouret et commença, avec d'infinies précautions, à s'avancer sur la corde...

Le tambour roula, s'accéléra puis s'arrêta net.
– Madame Lolita, cria Papuzio, plus vite, les lions se rapprochent !

Le tambour reprit. Lolita regardait Papuzio avec mépris. Elle avançait toujours sur sa corde raide, glissant avec précaution, pied à pied. Depuis quelques secondes elle fixait le dragon, que la peur rendait jaune citron.

« Pourvu qu'elle réussisse, pensait-il. Elle prend un risque terrible avec tous

ces crocodiles ! Quelle grande artiste ! »

Lolita arrivait au milieu de la corde. Le tambour s'enfla encore une fois puis Papuzio hurla comme un fou :

— Les crocodiles sont déchaînés, si vous tombez, ils vont vous réduire en hachis !

Lolita ne quittait plus le dragon des yeux. Celui-ci transpirait abondamment. Son cœur cognait au rythme des roulements.

Et soudain, imprévisible, épouvantable, l'accident se produisit ! Le pied droit dérapa, chercha la corde, fouillant le vide. Le pied gauche glissa et la grande artiste disparut au cœur de l'abîme, happée par les tourbillons du fleuve, déchiquetée par les crocodiles affamés !...

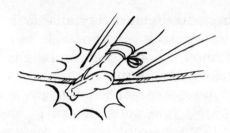

14

– Il faut sauver Lolita ! Il faut sauver Lolita ! cria le dragon.

N'écoutant que son courage, il bondit sur la piste.

Mme Lolita était assise par terre, à cinquante centimètres de la corde. Elle se frottait la cheville.

– Ne craignez plus rien, je suis là ! dit le dragon. Je vous protège ! D'ailleurs, regardez, tous les crocodiles ont disparu !

Papuzio en colère s'apprêtait à insulter le dragon et la femme lorsqu'il comprit la ruse. Lolita venait de lui obéir. Le dragon ne tarderait pas à tomber amoureux de la danseuse !

– Accompagnez-moi dans ma loge, Dragon ! supplia Lolita d'une voix tendre. Je suis blessée !

Le dragon, qui n'attendait que cela, prit Lolita dans ses pattes et se précipita dehors. Il entendit derrière lui Papuzio qui rassurait l'assistance :

– Mme Lolita est gravement blessée et, sans le courage du dragon qui se trouvait au premier rang, à l'heure qu'il est elle serait dans le ventre des crocodiles ! Il faut applaudir le dragon ! Applaudissez ! Mais, malgré cet atroce malheur, notre grand spectacle continue, place au cirque avec le célèbre clown Popi de retour parmi nous !

En entendant les applaudissements qui lui étaient adressés, le dragon faillit s'évanouir, ce qui aurait eu le fâcheux effet de faire tomber Mme Lolita une seconde fois.

– Vous voilà devenu un artiste, applaudi par tous, dit Lolita en s'appuyant contre le dragon.

– Il voulut répondre mais il ne put que

balbutier quelques paroles inintelligibles tellement il était ému.

Dehors, sur la place, l'ombre était épaisse. Un petit vent pointu les piqua désagréablement. Dragon souleva la bâche du camion et aida Lolita à grimper. Il se souvenait de la leçon de galanterie. Assis l'un à côté de l'autre, à l'arrière du camion, les jambes dans le vide, ils contemplèrent un moment en silence les nuages qui défilaient devant la grosse lanterne de la lune.

Les voix de Papuzio et du nain leur parvenaient assourdies par la distance.

– Comment vous sentez-vous ? demanda le dragon.

Lolita lui adressa un merveilleux sourire et répondit :

– Bien, très bien ! Grâce à vous ! Vous avez été extraordinaire...

Le sang du dragon fut aspiré par une force inconnue et il se sentit défaillir. Une fanfare résonna dans ses oreilles. Une vibration de chaleur vrilla tous ses membres, se rassembla et s'enfla dans sa poitrine, juste au milieu du cœur.

Il eut alors la certitude que le moment

qu'il attendait avec tant d'angoisse et de désir arrivait.

Il tombait amoureux !

Il voulut dire cette phrase magique et secrète qu'il s'était cent fois répétée depuis son départ du château mais ses lèvres n'articulèrent que du silence... Son émotion était trop forte.

Enfin il se calma, doucement il prit la main de Lolita dans sa grosse patte et murmura :

— Je vous...

15

A ce moment précis, Papuzio arriva en faisant claquer son fouet. En voyant la tête du dragon, il comprit aussitôt que Lolita avait réussi.

Désormais le dragon amoureux ne les quitterait plus. Sa fortune était assurée ! Le cirque, avec un tel monstre, allait enfin connaître la gloire ! A Papuzio honneurs et fortune !

De très bonne humeur, Papuzio s'écria :

— En piste ! L'entracte est terminé, allez, mon cher Dragon, c'est à vous !

— A moi ? s'étouffa Dragon l'Ordinaire,

stupéfait, mais, moi, je ne suis que le spectateur de ce magnifique cirque !

— Voyons ! Voyons ! répondit Papuzio, vous avez fait preuve d'un courage fantastique. Je sais maintenant que vous êtes un très grand artiste. Vous ne pouvez plus reculer. Venez en piste, que je vous présente, le public vous réclame pour vous acclamer !

— Et si je refuse ? demanda le dragon qui ne se sentait pas bien après tant d'émotions.

Le directeur s'approcha et lui dit en souriant :

— Choisissez : ou bien vous disparaissez dans la nuit comme un vulgaire dragon minable, méprisé par la belle Lolita, ou bien vous devenez un célèbre artiste... Voulez-vous vraiment décevoir celle qui vous aime ?...

Le dragon devint violet jusqu'à la pointe des cornes. Il bafouilla :

— Je ne sais rien faire !

— Il suffit de m'obéir, répondit Papuzio. Le temps presse. Enfilez cette cape noire. Lolita va vous maquiller. Entrez dès que je vous appellerai.

Et Papuzio, roulant du tambour, pénétra sur la piste.

— Mesdames et messieurs, la nature qui fait de si belles choses est aussi capable de créer des horreurs ! Les horreurs peuvent être franchement laides, repoussantes, répugnantes, dégoûtantes, affreuses, hideuses, affolantes... Mais la plus épouvantable, la plus effroyable est celle que je vais avoir le privilège de vous présenter dans ce cirque. Je l'ai achetée à grands frais à un ogre gourmand qui la tenait captive dans les profondeurs d'un volcan. Les personnes sensibles ne peuvent supporter sa vue. Un vaillant militaire, au volant de son char d'assaut, en l'apercevant a préféré sauter sur une mine plutôt que de la voir plus longtemps !

Trois courageux explorateurs, armés jusqu'aux dents, ont tout abandonné, porteurs, femmes et enfants, et ont couru pendant une semaine sans reprendre haleine pour fuir ce monstre.

— Il exagère, dit en coulisses, et un peu en colère, Dragon à Lolita.

Celle-ci, en souriant tristement, lui répondit :

— Dans le spectacle, il faut toujours un peu enjoliver...

Dragon prenait d'ailleurs une allure vraiment épouvantable. Lolita le barbouillait de maquillage, dessinait des sourcils terribles, collait des touffes de poils et peignait des taches de rouge et de jaune un peu partout sur le dragon.

— Il faut entrer en piste, dit gentiment Lolita en caressant la joue maintenant poilue du dragon.

Il se sentit d'un seul coup capable de renverser les montagnes pour l'amour de la belle équilibriste.

La voix de Papuzio s'impatientait. Il répétait pour la troisième fois :

— Ce monstre hideux est ici, vous allez pouvoir l'admirer vivant, en viande, en os et en écailles ! J'ai nommé : Dragon l'Extraordinaire ! Entrez, monsieur le Dragon !

— Allez, vas-y ! insista Lolita en poussant le dragon sur la piste.

Il s'avança en tremblant. Son courage venait de le quitter, dévoré par le trac.

– Voyez comme il a l'air méchant !
s'écria Papuzio en fouettant l'air. Lorsqu'il ouvre la gueule (Ouvre la gueule !
dit-il à Dragon qui n'avait pas compris),
des centaines de dents plus redoutables
que celles d'un requin sont prêtes à vous
dévorer ! Il pèse trois tonnes et rugit plus
fort que cent lions réunis (Rugis, imbécile !). Sa méchanceté est proverbiale !
Sa nourriture me coûte des millions !
Chaque jour il dévore une paire de tau-
reaux, trois cents lapins, douze moutons
et parfois même, lorsqu'il est en forme, il
avale le berger en prime, si celui-ci est
jeune et tendre !

Dans la salle, l'assistance s'était ins-
tinctivement reculée et le garde champêtre jetait des regards affolés vers la
sortie.

Dragon ne savait pas s'il devait se
réjouir d'être présenté comme une terrible créature, à l'image de ses glorieux
ancêtres Dragon le Dragueur et Dragon
le Drogué, ou s'il devait se fâcher devant
tous ces mensonges. Parfois il glissait un
œil vers le rideau où se tenait Lolita, il

l'apercevait et le trac terrible qui le paralysait disparaissait un instant.

Peu à peu, en entendant Papuzio, il se persuadait qu'il était d'une force et d'une méchanceté redoutables et il reprenait confiance en lui-même.

– Le plus extraordinaire, continuait Papuzio intarissable, c'est que ce dragon crache toutes les flammes de l'enfer ! C'est lui qui a mis le feu à Londres lors du grand incendie de 1666, lui qui a détruit le Bazar de la Charité en 1901...

« Lui qui a enflammé le cœur de Lolita », pensa gaiement le dragon.

– Pour vous, et pour vous seuls, annonça Papuzio, il va cracher maintenant un feu ardent ! Reculez-vous, protégez vos cils, vos sourcils, vos barbes, vos moustaches et vos crinières ! Crache ! commanda Papuzio en fouettant l'air d'un coup sec.

Le dragon prit une longue inspiration, gonfla sa poitrine et cracha une flamme de la taille d'une bougie d'anniversaire. Elle tremblota un instant au bout de son mufle et s'éteignit. Toute l'assistance poussa un grand cri.

– On applaudit, on applaudit encore plus fort ! ordonna Papuzio. C'est un triomphe !

Devant tant d'enthousiasme et après un tel effort, le dragon fut soudain pris d'un malaise. Le chapiteau tournoya autour de lui.

« Je suis certainement amoureux puisque ma flamme grandit », pensa-t-il avant de s'écrouler, terrassé par l'émotion.

Il n'eut pas le temps de s'accrocher à la douce main de Lolita. Il s'évanouit au milieu de la piste.

16

A grands coups de botte et de fouet, Papuzio « réveillait » le dragon.

– Vous me faites mal ! hurla le dragon en reprenant ses esprits.

– Imbécile ! cria Papuzio, ce n'était pas le moment de t'évanouir ! Maintenant le spectacle est gâché, tout le monde est parti ! Je ne pourrai pas leur vendre de nougats !

– J'étais tellement ému ! murmura le dragon. Excusez-moi, monsieur Papuzio, mon bon monsieur Papuzio ! Je vous avais prévenu que je n'étais pas capable d'être un artiste... C'est vous qui avez insisté !...

– Tu as été formidable ! assura Lolita, mais tu dois toujours te rappeler que tu es très méchant ! C'est ton rôle ! Un terrible dragon ne doit pas s'évanouir en piste ! En travaillant un peu tu deviendras un très grand artiste.

Ces mots, venant de Mme Lolita, sortirent Dragon de sa torpeur. Après toutes ces épreuves, il ne souhaitait plus qu'une chose : dormir ! Il l'avait bien mérité. Dormir en pensant à la belle Lolita !

Mais la nuit n'était pas finie. Dans le brouillard où il était encore, il entendit la grosse voix de Papuzio qui criait :
– Au travail ! Un artiste, pour être complet, doit savoir tout faire ! Ici tout le monde met la main à la pâte ! Rangez les bancs, détendez les cordages, arrachez les piquets, descendez les mâts, dénouez les bâches, roulez les câbles, rangez les pieux, pliez la toile, et que ça saute !

Papuzio s'assit sur l'aile de son camion pour se rouler une cigarette en surveillant les opérations.

– On ne reste pas dans cette ville, ici, cette nuit ? demanda Dragon à Lolita.

– Non ! Chaque soir il faut démonter et nous finissons très tard. Travaille et tais-toi, sinon tu vas goûter du fouet de cette brute ! Aide-moi, Dragon, ce mât est très lourd...

– Pour vous aider, chuchota le dragon, rien n'est trop lourd, madame Lolita.

Et Dragon, malgré sa fatigue, saisit la grosse poutre par son centre et la fourra d'un seul coup dans le camion. Il prit conscience de sa force et en éprouva une curieuse sensation de fierté.

17

Quatre heures du matin. Dans l'obscurité presque totale, Papuzio décida d'arrêter le camion sur un terrain vague. Ils étaient partis après avoir replié le chapiteau et ils cahotaient péniblement sur un chemin plein de trous, lentement tirés par le bœuf. Dans le camion, malgré la fatigue, personne ne pouvait dormir.

Papuzio, très ennuyé, réfléchissait.

Il ne pouvait pas loger le dragon dans le camion. Avec le nain, Lolita, le chapiteau et tous les accessoires du cirque, il n'y avait plus la moindre place et personne ne pouvait s'allonger pour dormir.

95

S'il mettait le dragon dehors, il risquait de s'enfuir...

Restait une solution : l'enchaîner près du camion, comme il l'avait fait pour la Tarasque de Tarascon, mais c'est ce qui lui avait donné l'idée de briser ses chaînes et de s'évader...

Papuzio craignait aussi que le dragon ne se vexe s'il l'enchaînait, et un dragon amoureux et vexé peut être dangereux...

Papuzio trouva une ruse pour réussir à ficeler le dragon sans que celui-ci se vexe.

Il déboucha une bouteille de vin et invita Dragon et Mme Lolita à venir y goûter avec lui, sur le terrain vague, à la lumière des étoiles.

— Avant d'aller dormir, mon cher Dragon, votre directeur voudrait fêter cette glorieuse journée ! Non seulement vous devenez un très grand artiste, mais je crois, sans vouloir me mêler de votre vie privée, que vous venez de tomber amoureux. Je sais que ce sentiment est partagé. Dragon, Mme Lolita vous aime ; elle me l'a dit !

Le dragon se demanda s'il n'allait pas

encore s'évanouir d'émotion et de fatigue. Il se souvint de la colère de Papuzio et fit un effort pour ne pas se laisser aller.

Le directeur versa un petit doigt de vin à Lolita, un doigt au dragon, et remplit son verre.

– Je lève ce verre à la prospérité du Papuzio Circus et au bonheur de Dragon, clama le directeur.

– Et de Mme Lolita ! ajouta faiblement le dragon.

Papuzio lança un regard noir à la danseuse qui le lui renvoya, mais personne ne s'en aperçut, car la nuit, comme le cœur de Papuzio, était elle aussi très noire.

Le propriétaire du cirque vida son verre d'un trait, le remplit de nouveau et acheva ainsi très vite la bouteille.

Un peu ivre, il demanda au dragon :
– Que seriez-vous capable de faire pour Mme Lolita ?

Sans hésiter, le dragon répondit :
– Pour Mme Lolita j'accomplirais de grandes choses, je pourrais... voyons, je pourrais être galant, déplacer des mon-

tagnes, lui ouvrir les portes du camion, lui réciter des poèmes... Tout ça, quoi !

— Seriez-vous capable de dresser un animal de cirque ? demanda Papuzio d'un air mystérieux.

Dragon resta muet d'étonnement. Jamais il n'aurait pensé dompter un animal de cirque. Il ne voyait pas quelle bête il y avait à dresser au Papuzio Circus. Et si c'était un grand fauve ? Cette supposition lui faisait un peu peur...

— Etes-vous prêt à essayer ? demanda Papuzio.

Dragon aperçut les yeux de Lolita qui scintillaient par instants dans la nuit.

— Je suis prêt ! affirma-t-il avec fierté, de l'air de celui qui voit déjà les tigres, les lions et les hordes d'éléphants plier sous son seul regard.

Papuzio le sortit de ses rêves de gloire et précisa :

— Voici ce que je vous propose : Robor, le bœuf, ne sait pas bien tirer le camion. Son allure n'est pas assez rapide, il n'a pas la manière. Vous qui êtes fort, très fort, et d'une grande intelligence, vous allez lui montrer comment on tire un tel chargement. Vous voilà devenu dresseur !

Dragon eut vaguement l'impression qu'il se faisait rouler, sans trop savoir au juste en quoi. Le sourire mi-figue, mi-raisin de Lolita lui sembla un encouragement à obéir à Papuzio.

– Ce sera très simple, vous verrez, affirma celui-ci. Vous vous installerez confortablement dans les brancards, à la place du bœuf. Il marchera à côté de vous en regardant bien, pour apprendre. Dès qu'il aura bien compris, il vous remplacera ! Venez, il faut vous habituer dès maintenant aux brancards.

Papuzio attacha le dragon avec de grosses cordes aux pieux qui servaient de brancards et ficela le bât très lourd sur la nuque du dragon. Ainsi entortillé, il ressemblait plus à une andouillette à cornes qu'au vaillant descendant de Dragon le Drogué et de Dragon le Dragueur. Ainsi enchaîné, il ne risquait pas de bouger ! Et demain, dès l'aube, c'est lui Dragon l'Ordinaire qui tirerait le camion ! Le tour était joué !

Papuzio se dit aussi que, puisqu'il

possédait maintenant un dragon de bonne qualité, il pourrait faire l'économie du bœuf. Il le revendrait au prochain marché et raconterait quelque mensonge au dragon. Comme il était amoureux, il ne risquait pas de protester !

– Bonne nuit, mon cher Dragon ! s'exclama Papuzio. Le bât et les brancards semblent un peu lourds au début mais, la fatigue aidant, vous ne tarderez pas à faire de beaux rêves ! De toute façon, si vous aviez besoin de la moindre chose, n'hésitez pas, vous savez que vous pouvez toujours compter sur moi !

Sur ces belles paroles, le directeur du cirque Papuzio entra dans son camion pour y prendre un repos bien mérité.

Dans la nuit noire, sur ce terrain vague, malgré son épuisement, Dragon ne trouvait pas le sommeil. Il sentit soudain une présence à ses côtés et craignit que quelque brigand rôdeur ne tente un mauvais coup et ne dérobe les splendides costumes du cirque Papuzio.

Il s'apprêtait à donner l'alarme lorsqu'il reconnut Lolita.

— Bonsoir, dit-elle en déposant un tout petit baiser sur la joue de Dragon.

Avant que celui-ci ait bien compris ce qui se passait, elle avait disparu, noyée dans les ténèbres.

Il entendit peu après Lolita qui se disputait avec Papuzio, mais il ne put comprendre ce qu'ils se disaient.

Le bât le blessait aux épaules, les cordes lui sciaient les membres, il ne pouvait ni s'allonger ni vraiment rester debout. Deux grosses larmes jaillirent de ses yeux. Et Dragon ne savait pas si elles avaient la douceur du bonheur ou l'amertume du malheur, mais quelque chose ne lui semblait pas vraiment très normal dans sa nouvelle existence...

Il pensa que le beau regard de Mme Lolita cachait peut-être un terrible secret...

Le lever du soleil le surprit fourbu, moulu, claqué, vanné et vaguement inquiet...

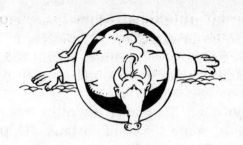

18

Sous l'œil intéressé du bœuf Robor, Dragon tira péniblement, toute la journée, le camion et son chargement.

Le bœuf avait l'air très satisfait de son dresseur. Il folâtrait gaiement devant son professeur en s'arrêtant seulement pour brouter parfois les herbes odorantes du chemin.

En fin d'après-midi, ils atteignirent une grosse bourgade, célèbre pour ses foires et ses marchés.

Le dragon était exténué. Toute la journée, Papuzio l'avait rassasié de bonnes paroles. Il lui avait aussi offert un seau d'eau bien fraîche.

Sur la grand-place du village, entre l'église et le cimetière, le directeur du cirque fit arrêter le camion et vint réconforter le dragon, prêt à mourir d'épuisement.

— Mon cher Dragon, c'est à croire que vous ne sentez pas la fatigue ! Quelle vitalité ! Je vous félicite !

Il tapota ses joues écailleuses, aux reflets noircis par la poussière du chemin, et continua :

— Quelle force ! Quel entrain ! C'est certainement l'â-mour qui vous rend si fort, certainement !

Dragon prit conscience que Papuzio ne disait jamais « l'amour », comme tout le monde, mais ouvrait une bouche énorme et semblait gober « l'â-mour ».

Il bredouilla deux ou trois mots pour qu'on le délivrât.

— Mais bien sûr, mon cher ami, je vais vous enlever tout cet attirail encombrant ! s'empressa de dire le bon directeur en libérant le dragon de son joug. Voilà ! Je suis certain que vous êtes maintenant dans une forme éblouissante ! Il ne vous reste plus qu'à remonter le chapiteau pour préparer la représentation de ce soir !

Le dragon s'écroula lamentablement de tout son long (et même de tout son large) sur le pavé, incapable de faire un pas de plus.

— Lolita ! Lolita ! Paresseuse ! cria Papuzio.

D'un coup de fouet sec, il cingla le bras de la femme qui s'avançait et qui poussa un petit cri.

Papuzio lui fit signe de relever le dragon. Comme Lolita n'allait pas assez vite, le fouet retomba de nouveau, laissant une marque rouge sur le cou de l'équilibriste.

— Tu exagères, tu vas trop loin, Papuzio, mais un jour tu me le paieras, dit la femme en serrant les dents. Tu le regretteras !

Elle s'approcha du dragon toujours répandu comme une méduse sur le sol et lui murmura à l'oreille :

— Il faut encore faire un effort. Cette brute est capable de tout. Viens m'aider à monter ce maudit chapiteau !

– J'ai des affaires à régler, annonça Papuzio. Si on me demande, je suis au bistrot sur la place. Surtout ne traînez pas : dans trois heures le spectacle commence ! Allez, vaillant Dragon, montrez-nous un peu votre force !

19

Papuzio se dirigea vers le café du Gai Laboureur et du Progrès réconciliés, bien décidé à trouver un maquignon pour lui acheter son bœuf.

Il était maintenant convaincu que c'était une bouche inutile à nourrir puisque le dragon traînait aussi bien (sinon mieux) le camion que lui et qu'il se rendait utile au cirque. Évidemment, si le bœuf avait été capable de faire un bon numéro ou de monter le chapiteau, les choses auraient été différentes... Il était résolu à demander un bon prix de l'animal. Avec les maquignons, les marchands de bestiaux, il savait qu'il fallait se méfier. Ils étaient rusés et trouveraient au bœuf tous les défauts.

En entrant dans le bistrot, dès la porte franchie, il fut surpris de ne pas entendre les bruits habituels : verres qui s'entrechoquent, rires, protestations, insultes, musique du juke-box, grosses voix d'hommes qui se disputent ou qui discutent avec animation.

Tout était étrangement calme.

Pourtant, la salle, sombre et enfumée, était presque pleine.

Des paysans en grosses blouses noires bouffantes, serrées à la taille par de larges ceintures, des maquignons en vestes de lustrine noire, coiffés de casquettes à carreaux, chaussés de bottes crottées, buvaient du cidre mousseux dans d'épaisses chopes de grès gris. Ils bredouillaient des paroles sourdes, étouffées, comme si une présence inhabituelle et intimidante les avait rendus à demi muets.

Papuzio comprit très vite la raison de leur gêne. Au fond de la salle, trois hommes étaient assis à la meilleure table. Eux seuls parlaient fort, avec un paysan qui se tenait debout devant eux en tortillant dans ses mains son béret crasseux.

Le premier de ces hommes était habillé d'un costume militaire, avec cinq rangées de décorations qui clignotaient comme une enseigne de baraque de foire.

Le deuxième, très élégant, portait un costume d'alpaga blanc, un foulard noir, en soie, des bagues et un collier d'or.

Les parents du troisième devaient être des singes orangs-outans. Énorme et poilu, leur fils ressemblait à King Kong déguisé en shérif. Deux énormes pétoires étaient glissées dans sa ceinture.

Papuzio s'approcha d'un coin sombre du bar et demanda à voix basse au patron qui étaient ces hommes.

– Ce sont des envoyés du professeur Rasčarozič, le dictateur qui gouverne ce pays, répondit-il. Le premier, c'est un général. Au milieu, c'est le ministre des Menus Plaisirs du dictateur et l'autre c'est le garde du corps. Ils sont à la recherche de curiosités.

— De curiosités ? répéta en écho Papuzio, qui ne comprenait pas.

— Oui, le dictateur s'ennuie. Son ministre des Menus Plaisirs est spécialement chargé de lui trouver des distractions, des gens ou des choses qui puissent l'amuser. Justement, s'ils sont ici aujourd'hui, c'est qu'ils recherchent dans les campagnes des bizarreries, des êtres étranges qui puissent étonner leur maître. Tenez, le paysan avec qui ils parlent leur propose un mouton bleu à cinq pattes qui est né la semaine dernière dans sa bergerie.

— Ils paient bien ? s'inquiéta soudain Papuzio, très intéressé.

— Oui, répondit le tenancier du bistrot, si l'affaire est exceptionnelle ! Il y a deux ans, ils ont déniché dans ce village une licorne vivante, une bête magnifique, qu'un paysan cachait dans une caverne. Depuis, le paysan est riche ! Ce pays est étrange. Nous avons beaucoup de sorcières et de magiciens. Il ne faut s'étonner de rien. Mais attention, reprit le patron après un court silence, ce sont des clients difficiles ! Une année un berger leur a proposé un loup-garou. Ils l'ont payé très cher. En fait, le berger s'était moqué d'eux. Il avait maquillé un petit pastoureau un peu simple d'esprit et lui avait collé une peau de loup. Lorsqu'ils se sont rendu compte de la supercherie, ils ont fait chercher le berger. Ils lui ont coupé les mains et crevé les yeux pour lui apprendre à ne pas tricher...

Papuzio remercia le patron de tous ces renseignements et garda un moment le silence, ce qui n'était pas habituel chez lui. Il se mit à réfléchir longuement.

Il s'approcha de la table où se tenaient les trois envoyés du dictateur, salua très bas, s'excusant d'importuner de si nobles personnages.

— Excellence, mes Princes, si vous me faites l'honneur d'écouter mes humbles paroles, je pourrai vous indiquer une affaire exceptionnelle et unique, que jamais plus vous ne rencontrerez dans votre existence, que je vous souhaite longue, prospère et heureuse, crut bon d'ajouter le directeur.

– Parle ! commanda le général, d'un ton sec.

– Je possède un être si étrange qu'il défie l'imagination et les lois de la nature, oui, une créature unique qui...

– Ton baratin nous ennuie ! coupa le shérif-singe, qu'as-tu à nous dire ? Prends garde à toi si tu nous fais perdre du temps !

– Je possède un dragon, dit très vite Papuzio, qui comprenait qu'avec ce genre de personnages les affaires ne seraient pas faciles. Un dragon extraordinaire !

– Pas mal, répondit mollement le ministre, la bouche pleine de rahat-loukoum. Est-ce un authentique dragon ou une vulgaire bigorne moustachue ?

– C'est un magnifique dragon, s'empressa de répondre Papuzio, tout ce qu'il y a d'authentique, très bien élevé, doux, serviable, gentil. Il parle et agit comme vous et moi, sauf votre respect ! La seule différence, c'est..., c'est... que c'est un dragon avec cornes et écailles. Il peut aussi cracher du feu comme un lance-flammes et détruire des armées entières !

– C'est intéressant, coupa le ministre.

Les vrais dragons se font rares de nos jours. Le seul que nous ayons pu trouver était conservé dans un tonneau d'alcool. Celui-ci semble beaucoup plus intéressant. Et où peut-on le voir, ton dragon ?
– Ce n'est pas difficile ! s'écria Papuzio, très content de voir que ses clients étaient vraiment intéressés, il est justement...

Il s'arrêta net, comprenant qu'il allait faire une bêtise en révélant la présence de son dragon à quelques mètres du café. Il fallait d'abord régler un petit détail d'une certaine importance...
– Il est justement, reprit-il, justement... en sécurité, dans un lieu connu de moi seul... et de vous dès que vous le voudrez, Excellence ! reprit très vite Papuzio. Bien sûr, il m'a coûté très, très, vraiment très cher et...
Il laissa sa phrase en suspens.
– Son prix ? demanda sèchement le général.
– A vrai dire, mon Prince, il n'a pas de prix !... Un spécimen tellement rare...
– Tout a un prix ! coupa King Kong. Combien ? Réponds !

– Pour Sa Grandeur, notre bien-aimé dictateur, et pour vous Messeigneurs, je me contenterai de rentrer dans mes frais... Disons cinquante mille écus... D'or, ajouta-t-il d'une voix sourde.

– Pour ce prix, tu peux nous vendre un troupeau de dragons ! Ton offre n'est pas raisonnable ! dit le ministre. Si le sujet est vraiment intéressant, je t'en propose deux mille d'argent.

– Cinq mille..., se hasarda Papuzio.

– Tu nous prends peut-être pour des marchands de bestiaux ! hurla le général en tapant du poing sur la table.

Tous les paysans de l'assistance, qui suivaient de loin des débats, plongèrent prudemment leur nez dans leurs chopes mousseuses.

L'homme de guerre reprit :

– Son Excellence a dit deux mille ! C'est à prendre ou à laisser !

Comprenant qu'il avait affaire à une partie coriace, beaucoup plus puissante que lui, Papuzio se fit tout petit, tout sourire. En découvrant bien ses dents, il remercia Son Excellence pour son offre si généreuse et jura qu'il serait très flatté de céder, à perte, pratiquement de donner, son magnifique dragon pour deux mille écus d'argent. Il affirma aussi que, de toute façon, c'était pour lui un plaisir de faire plaisir à notre cher professeur Rasčarozič, si bon pour ce beau pays...

– Bien ! Puisque tu es raisonnable, le marché est conclu ! dit le général. Quand pourrons-nous voir cette merveille ?

– Attention ! intervint le shérif, si tu nous as menti, si ton dragon est très ordinaire, nous te couperons les mains ou nous te creuserons les yeux selon notre humeur, ou les deux peut-être, pour t'apprendre à ne pas te moquer de nous !

– Vous ne serez pas déçu par la marchandise, Votre Grandeur, répondit humblement Papuzio qui se sentit pourtant parcouru par un pénible frisson. Laissez-moi quinze minutes et je vous l'amène ici !

Il allait sortir du café lorsqu'il se ravisa et retourna à la table du fond.

– Que veux-tu encore ? demanda le singe-shérif.

– Messeigneurs, dit Papuzio, j'ai aussi un nain, pas très grand, qui...

– Non, pas de nain, on en trouve vraiment partout !

– Mais je pourrais vous faire un tout petit prix... Dix écus d'argent... Cinq... de bronze...

– Disparais ! cria le général. Il ne te reste plus que dix minutes pour nous ramener ton dragon extraordinaire... Sinon !...

Comprenant que ce n'était pas le moment d'insister, Papuzio sortit du café et retrouva son chapiteau que le nain, le dragon et Lolita achevaient de monter sur la grand-place.

Papuzio réfléchit à la ruse qu'il faudrait inventer pour ne pas éveiller la méfiance du dragon. Les deux mille écus d'argent tourbillonnaient dans sa tête. C'était une fortune ! De quoi acheter un grand chapiteau neuf, des camions, quelques lions et, pourquoi pas, un éléphant !

Évidemment, il aurait l'argent mais il perdrait le dragon...

A moins que...

Un plan diabolique se dessina dans son esprit. Il allait se montrer plus malin que le dragon. Ça, c'était facile ! Mais il réussirait à duper le shérif, le général et le ministre ! C'était déjà moins commode.

Il pensa à ses mains, à ses yeux, et frissonna un peu... Pourtant sa décision était prise. Il garderait l'argent et le dragon. N'était-ce pas la meilleure solution ?

20

Comme un somnambule, Dragon l'Ordinaire disposait les bancs sous le chapiteau. Papuzio s'approcha de lui et remarqua que l'excès de fatigue avait terni ses beaux reflets verts et tiré ses traits.

— Mon cher Dragon, dit le directeur, il nous arrive, il *vous* arrive une chose extraordinaire : c'est, à vrai dire, une aventure inespérée qui commence aujourd'hui !

— Ah oui ? marmonna le dragon en ouvrant un œil et en bâillant.

— Par le plus grand des hasards, j'ai rencontré un général et un ministre du dictateur qui dirige ce pays. Ils ont beaucoup entendu parler de vous et de vos exploits, et souhaitent faire votre connaissance !

– C'est impossible ! répondit Dragon en s'éveillant un peu. Ils doivent confondre avec quelqu'un de ma famille ! Moi, j'étais dans mon château, je ne voyais personne ! Comment pourraient-ils me connaître ?

– Votre réputation a franchi les portes de votre château ! Vous êtes un dragon célèbre. Lolita, ordonna le directeur, mets un peu de vert sur ses joues, qu'il soit présentable ! Enfilez vite vos plus beaux habits, ces messieurs sont très impatients de vous connaître.

Comme dans un rêve, aidé par Lolita, Dragon se fit une beauté, passa une veste de velours grenat agrémentée de brandebourgs dorés et d'un passepoil vert salade aux poches et aux manches. Un large pantalon rayé compléta la magnifique tenue. Papuzio accrocha même une grosse médaille sur la poitrine du dragon qui n'était pas mécontent d'être aussi princièrement habillé.

— Je vous accompagne, dit Lolita.

— Pas question, tu n'es pas invitée, décréta Papuzio.

— Méfie-toi de Papuzio, chuchota la danseuse. C'est un menteur et un voleur. Je ne peux pas t'en dire plus pour l'instant mais je suis inquiète. Tout cela me semble bizarre.

Dragon lui répondit que tout irait bien, qu'il n'y avait rien à craindre puisque Papuzio voulait son bonheur.

— D'ailleurs, dit le dragon qui se prenait au jeu, je suis peut-être célèbre maintenant, depuis que je crache du feu et que je t'ai sauvée des crocodiles...

Lolita eut un triste regard et lui fit un petit signe de la main pendant qu'il traversait la place, d'un pas alerte, à la suite de son directeur.

Juste avant d'entrer dans le café, la main sur la poignée de la porte, Papuzio fit au dragon ses dernières recommandations :

— Ces messieurs voudront peut-être te présenter au dictateur. Ce serait un immense honneur, pour toi et pour le cirque. Tu serais couvert de gloire et de richesses !

Dragon remarqua que le directeur le tutoyait et lui parlait sur un ton bizarre... Il en ressentit une impression de malaise et s'inquiéta :

– Et Mme Lolita ? Je ne vais pas l'abandonner !

– Tu la retrouveras après ta visite à la ville ! Personne ne prendra ta place au Papuzio Circus, je te le garantis ! Quand tu reviendras, Lolita sera émerveillée ! Ton absence sera dure pour tout le monde, bien sûr, mais j'en fais le sacrifice... Ton bonheur avant tout ! A ton retour, la célébrité rejaillira sur le cirque Papuzio... Et puis, ajouta le directeur, ce sont des gens très généreux... Tu seras riche !

21

Papuzio venait juste d'entrer dans le café, suivi du dragon endimanché, quand le nain Pipo se précipita hors d'haleine vers Lolita qui achevait de monter le chapiteau. Très agité, il criait :

— Lolita !... Il se passe quelque chose de terrible !... J'étais caché derrière des vêtements au fond du café... C'est facile, je suis petit... J'ai surpris une conversation entre trois types, un ministre et deux flics ! Ils veulent acheter Dragon à Papuzio et l'embarquer je ne sais où, en ville !

— Es-tu certain de ce que tu dis ? Papuzio nous a affirmé qu'ils souhaitaient simplement faire sa connaissance...

— C'est un mensonge ! affirma le nain qui faisait de grands gestes avec ses petits bras. Ils ont téléphoné pour faire venir une cage. Le camion sera là dans quelques minutes. Ils ont proposé deux mille écus d'argent à Papuzio pour ce forfait ! Deux mille ! Mais ce n'est pas le pire !...

Lolita remarqua que le regard du nain s'était encore assombri et elle craignit une nouvelle encore plus effroyable. Le nain, en fureur, continuait :

— Le pire, c'est que ce bandit de Papuzio voulait me vendre, moi ! A n'importe quel prix ! Cinq écus de bronze ! Tu te rends compte, de bronze ! Heureusement, ils n'ont pas voulu de moi !

— Tu n'as pas de prix ! (Lolita sourit un instant puis se reprit :) Cet homme est un monstre ! Si tu étais venu une minute plus tôt, nous pouvions retenir le dragon. Maintenant, c'est trop tard : ils ne le lâcheront plus ! Je ne vois qu'une solution : le faire évader. Il faut sauver Dragon l'Ordinaire !...

22

Un grand brouhaha salua l'entrée de Dragon dans le café. Papuzio s'avançait en bombant le torse, très sûr de lui, suivi d'un Dragon qui avait retrouvé le sourire.

Le directeur du cirque s'inclina profondément devant les trois illustres personnages et fit signe à Dragon d'en faire autant.

– Messeigneurs, j'ai l'honneur et l'avantage de vous présenter, comme convenu, le célèbre dragon dont je vous ai parlé.

Dragon, dans ses beaux habits de fête, avait très fière allure. Son visage maquillé ne montrait plus de signes de fatigue. Il prit une pose avantageuse.

– Pas mal ! constata Son Excellence le ministre des Menus Plaisirs. Que sais-tu faire ?

– Eh bien..., bredouilla le dragon, à parler franchement... Je suis un dragon vraiment très ordi...

La fin de la phrase se perdit dans le bruit d'une chope que Papuzio venait de faire tomber, par hasard... Il coupa la parole au dragon :

– Il a dit : « Je suis un dragon vraiment très extraordinaire !... »

Il fusilla du regard le dragon.

– Ouvre ta bouche, montre tes dents ! commanda le général.

Deux rangées de dents bien pointues, en ordre parfait, brillantes comme des sous neufs, jaillirent de la bouche grande ouverte du dragon.

– Ma-gni-fi-que, n'est-ce pas ? clama Papuzio en saluant, par habitude.

– Pas mal ! commenta à nouveau le ministre.

– Il sait aussi cracher du feu, reprit Papuzio, brûler des châteaux forts, incendier des navires et accomplir beaucoup d'autres exploits.

– Parfait, dit le général, lorsqu'il aura cessé de plaire, nous l'enrôlerons dans l'armée...

– S'il est encore en état ! ricana le shérif.

– Eh bien, crache du feu ! ordonna le ministre...

Le dragon affolé regarda Papuzio. Celui-ci pâlit et ressentit une étrange douleur aux yeux et aux mains. Très vite il se reprit et enchaîna :

– Si ce dragon crache du feu, Messeigneurs, cette auberge, la place, le village tout entier vont devenir un gigantesque brasier et Vos Excellences vont périr dans le sinistre. Ce serait une perte irréparable pour l'humanité ! Non, il vaut mieux prendre toutes les mesures de sécurité ! Vous aurez tout le temps lorsque vous serez chez notre dictateur bien-aimé ! Ici, c'est beaucoup trop dangereux !

– D'accord, dit le ministre, qui n'était pas courageux. Considérons que le marché est conclu !

Le visage de Papuzio s'illumina d'un très large sourire. Dragon l'Ordinaire, lui, ouvrait de grands yeux ronds et commençait à se poser quelques questions... Mais comme il n'avait pas beaucoup d'imagination...

— Voici tes deux mille écus d'argent, dit le shérif en lançant à Papuzio une bourse sonore. Maintenant file, mais rappelle-toi que, si tu nous a trompés, je ne donne pas cher de tes mains et de tes yeux ! Nous retrouvons toujours les tricheurs !

— Mais... mais... mon cher Papuzio, que se passe-t-il ? s'inquiéta le dragon. (Il jetait des regards soupçonneux aux uns et aux autres.) Papuzio, cria-t-il, restez avec moi ! Mon ami !

Le directeur du cirque lui fit un signe de la main en s'éloignant et lui cria :

— Dragon, vous êtes un bienfaiteur du Papuzio Circus ! Votre sacrifice est noble ! Un avenir plein de surprises se prépare pour vous !

Et il quitta la salle en multipliant ses courbettes.

Resté seul devant les trois sinistres personnages, le dragon voulut s'expliquer :

— Messieurs, je serais très flatté de vous accompagner, mais il y a une dame qui...

– Tais-toi ! commanda le général. Tu parleras si on te le demande. Maintenant tu nous appartiens, tu es notre esclave et les esclaves sont muets, ou nous leur coupons la langue !

Dragon réalisa vraiment ce qu'il avait à demi deviné depuis quelques minutes. Il venait d'être vendu deux mille écus d'argent par un bandit nommé Papuzio. Tous ses rêves s'écroulaient ! Adieu la liberté, la gloire, le cirque et l'amour... Papuzio était un monstre !

Le shérif donna un ordre dans un talkie-walkie, et trois gardes, armés de piques, entourèrent le dragon.

– Si tu bouges, ils te transpercent ! dit tranquillement le shérif. On va apporter une cage. Demain, tu seras conduit chez notre cher dictateur, le professeur Raśćarozič, pour son amusement. Tu passeras la nuit ici, dans la cage. Si tu cherches à t'enfuir, nous te rattraperons et nous te découperons en fines rondelles. Compris ?

– Oui..., murmura tristement le dragon.

Il ne put rien ajouter tellement il se sentait piteux, dans son beau costume passepoilé. Lui, l'illustre Dragon, descendant de Dragon le Dragueur et de Dragon le Drogué, être réduit en esclavage ! Traité comme un bandit de grand chemin !...

Il fit ce que l'on fait d'habitude quand on se retrouve dans ce cas-là : il commença à pleurer sur lui-même, se persuada qu'il était le dragon le plus malheureux de la terre... et le devint.

La lance d'un garde lui piqua les fesses juste à temps pour le faire avancer. La douleur de la piqûre chassa un instant ses idées noires. On le conduisit dans la cour du café pour attendre, sous bonne garde, l'arrivée de la cage. A distance respectueuse, un groupe d'enfants s'était formé. Ils riaient et montraient du doigt le dragon en lui lançant des insultes.

23

    — Lolita ! Pipo ! Lolita ! Où êtes-vous ? cria Papuzio en parcourant son chapiteau désert.

Il visita le camion, chercha mollement sous des bâches et dut se rendre à l'évidence : le clown et l'équilibriste avaient disparu.

Il n'était pas étonné. Papuzio pensait que, mis rapidement au courant de la vente du dragon, Lolita et Pipo chercheraient à le faire évader.

Tout cela était très bien... Son plan diabolique fonctionnait à merveille :
- Premièrement : vendre Dragon au

ministre et empocher deux mille écus d'argent. C'était fait !

● **Deuxièmement :** laisser Lolita et Pipo délivrer le dragon. En cas de problème, lui, Papuzio, ne risquait rien ! C'est au clown et à la danseuse que l'on couperait les mains et que l'on crèverait les yeux !

● **Troisièmement :** au dernier moment, lorsqu'il ne risquerait plus rien, faire mine de venir, lui aussi, délivrer le dragon. Inventer une histoire pour expliquer la vente du dragon et réconcilier tout le monde !

« Et voilà, songea Papuzio, je récupère ainsi toute ma troupe, Dragon compris, et je conserve les deux mille écus ! C'est une très bonne opération, sans risque... pour moi ! »

Papuzio était cependant un peu ennuyé.

« Tout seul, malgré tout mon talent, pensait-il, je ne peux pas faire de représentation ce soir... Par ailleurs, tout seul, malgré tout mon courage, je ne peux pas démonter et replier mon chapiteau... En plus, c'est indigne d'un directeur-fondateur-propriétaire... »

Il réfléchit un instant et alla chercher son tambour dans le camion. Dès les premiers roulements, les enfants se précipitèrent et, lorsqu'il jugea leur nombre assez important, il annonça :

— Pour des raisons techniques, indépendantes de notre volonté, le grand Papuzio Circus ne pourra donner de représentation ce soir. Tous les enfants qui aideront à démonter et à ranger le chapiteau recevront un billet gratuit, une place de choix, pour la représentation qui aura lieu, ici même, demain soir ! Qu'on se le dise !

— Moi ! Moi ! crièrent tous ensemble les enfants, ravis de pouvoir assister gratuitement le lendemain au merveilleux spectacle.

— Mettez-vous en rang ! ordonna Papuzio.

Il saisit son fouet et commença à donner des ordres. Chacun s'activa et le chapiteau fut rapidement démonté et rangé dans le camion.

« Voilà un travail qui ne me coûte pas cher ! pensa Papuzio en distribuant les billets promis. Ça m'étonnerait beaucoup que je donne une représentation ici demain ! Oui, demain, j'espère bien que nous serons loin, très loin !... »

Il attela Robor, le bœuf, qui n'avait pas du tout l'air content, le fouetta d'importance pour le faire démarrer et quitta le village en criant : « A demain ! » et en faisant de grands signes aux enfants.

A la sortie du village, Papuzio croisa un camion chargé d'une cage. Il cacha le bœuf et le chargement dans un petit bois qui surplombait le bourg. De cet observatoire, il pourrait surveiller les allées et venues sur la grand-place.

Il vit le transfert de Dragon dans la cage mais n'aperçut ni Pipo ni Lolita.

« Il faut attendre, maintenant, pensa-t-il. Je me rapprocherai lorsque la nuit sera noire. »

Pour passer le temps, il recompta les beaux écus brillants.

24

– Il faut sauver Dragon !
répéta Lolita au clown. Nous avons
encore une chance de le faire évader tant
qu'il est dans ce village. Après, il sera
trop tard. Mais nous ne pouvons plus
rester dans le cirque de ce bandit.
– Je te suis, acquiesça Pipo. Depuis des
mois je me tais, mais je ne peux plus
supporter Papuzio. Cette vanité, ce
mépris des autres, cette lâcheté ! Sous
ses apparences brillantes, c'est un être
ignoble et, en le quittant, ne crains-tu
pas de ne plus jamais revoir ta fille
Rhapsodie ?
– Je retrouverai ma fille et ma ven-
geance contre Papuzio sera terrible,

répondit Lolita, mais aujourd'hui c'est d'abord Dragon qui est en danger. C'est un peu de ma faute... Dragon est resté au cirque à cause de moi! C'est Dragon qu'il faut sauver maintenant. Il n'a pas beaucoup d'idées, c'est un être simple et sans malice, il est droit et honnête. Nous ne pouvons pas l'abandonner. Pour observer la situation sans être vu, continua la danseuse, quel est le meilleur poste de guet? C'est le clocher de l'église.

Comme le clown était d'accord, ils décidèrent de grimper dans le clocher et d'attendre là jusqu'à la tombée de la nuit en préparant un plan pour délivrer Dragon l'Ordinaire.

La fraîcheur de l'église et l'odeur d'encens et de vieille crasse les surprirent. Ils cherchèrent la porte qui conduisait au clocher. Ils la trouvèrent et constatèrent qu'elle était fermée.
– Ce n'est rien, affirma Pipo, je connais bien des tours de passe-passe dans mon métier... Donne-moi une épingle à cheveux, Lolita, et je t'ouvre cette porte en

moins de temps qu'il n'en faut pour le dire.

En effet, il n'avait pas achevé le dernier mot que la porte s'ouvrit sous ses doigts agiles.

Ils gravirent, péniblement pour les petites jambes du clown, les nombreuses marches du clocher.

Plus ils s'élevaient, plus une étrange odeur, semblable à celle des saucisses grillées sur des sarments de vigne, venait chatouiller agréablement leurs narines.

Quand ils arrivèrent au sommet du clocher, là où sont les cloches, ils découvrirent un petit feu de bois sur lequel grillaient trois saucisses chipolatas. Pipo les retourna rapidement, car elles commençaient à brûler.

— Ces saucisses ne cuisent pas toutes seules, remarqua Lolita. Il y a quelqu'un ici...

Ils inspectèrent les recoins de la petite plate-forme, entre les cloches et leur mécanisme, sans découvrir personne. En levant bien haut la tête, ils distinguèrent bientôt deux pieds chaussés de sabots, suivis d'un pantalon en mauvais état, surmonté d'une chemise à carreaux et d'un bout de tête frisée, le tout à cali-fourchon sur la plus haute cloche du carillon.

L'homme, se voyant découvert, sauta sur le plancher.

— Qui es-tu ? demanda Lolita.

— C'est exactement la question que je voulais te poser, répondit une voix jeune et chantante, avec un accent pointu comme on en a de l'autre côté des montagnes.

Ils répondirent tous les trois ensemble :

— On m'appelle Giuseppe Samboberke-novich !

— Je suis Lolita et voici...

— Pipo le clown, pour vous servir !

— Mais que faites-vous ici ? demanda Giuseppe Samboberkenovich.

— C'est exactement la question que je voulais te poser, répondit Lolita.

— Je domine la situation, fut sa seule réponse.

— Nous essayons de la dominer, répli-qua la danseuse.

— Alors nous sommes faits pour nous

entendre ! conclurent-ils tous les trois d'une même voix.

– Je suis un manouche, dit Giuseppe Samboberkenovich, appelez-moi Sambo comme tout le monde. Nous autres, les gitans, les romanichels, les bohémiens, les tziganes, nous avons comme tout le monde deux mains, deux pieds, un sourire, des yeux, un cœur, mais les gens, les autres, ne nous aiment pas. Dès qu'il y a un vol, qu'une bête tombe malade, que l'eau des puits prend le goût de la terre, alors c'est de la faute aux romanos, c'est toujours de notre faute ! De pères en fils, depuis que l'homme a une mémoire, d'injures en blessures, nous avons appris à être discrets. A nous confondre avec le vent du soir. Puisque les gens, les autres, ne veulent pas nous voir, nous passons comme une fumée. Nos ennemis sont partout, toujours prêts à nous détruire au premier prétexte. Mais dans chaque ville, dans chaque hameau, nous avons des amis fidèles. Ils nous aident quand nous sommes pourchassés. Nous, nous leur apportons ce que notre vie au hasard du silence des forêts nous a

appris. Des secrets pour guérir, avec de simples plantes, les maux du corps et du cœur. Des pistes pour découvrir des chemins de liberté...

– Je suis de même famille que toi, répondit Lolita. De la grande famille du voyage. Un soir ici brillant sous la lumière des projecteurs, le lendemain évanouie... Combien d'amis, de regards, de sourires d'un instant disparus ? La route nous pousse toujours plus loin. Nous offrons du rire, de l'émotion, des larmes. Nous recevons en échange quelques applaudissements, de l'autre côté de la barrière. Les gens, les autres, ne nous aiment pas vraiment... Ils nous admirent un peu, nous méprisent beaucoup dans le fond de leur cœur. Pour ceux du cirque qui chaque soir vont plus loin, dépassent les frontières du possible en risquant leur vie, les gens, les autres, frissonnent le temps du spectacle. Sitôt les lumières éteintes, ils nous rejettent bien vite dans le clan des saltimbanques. Eux qui ne risquent jamais ni leur vie, ni leurs amours, ni leur argent se sentent tellement supérieurs au pauvre petit peuple du cirque!...

— Et moi! dit Pipo le nain, je suis deux fois de votre famille! Une première fois parce que moi aussi je suis baladin, bouffon de cirque, juste bon à recevoir les coups et à provoquer la moquerie! Une seconde fois parce que je suis nain, vilain et difforme. On se sent tellement plus grand quand on me regarde de haut, tellement plus homme! D'ailleurs, suis-je vraiment un homme ou une curiosité de zoo? Les gens, les autres, me considèrent comme anormal alors que ce sont eux qui sont trop grands, trop longs! Ils se sentent forts parce qu'ils sont les plus nombreux, mais, si le monde était peuplé de nains, ce sont les gens, les autres, les grands que l'on pourrait montrer dans les cirques! Je crois que nous ne le ferions pas... Nous sommes différents, c'est tout...

— Alors, si nous sommes de la même famille, de la même misère, dit Sambo, nous pouvons tout partager. Voulez-vous goûter une de mes saucisses ? Je crois qu'elles sont bien assez grillées !

Pendant qu'ils mangeaient, Lolita résuma pour l'habitant du clocher leurs aventures et le sort malheureux de Dragon l'Ordinaire.

– Lui aussi est des nôtres, conclut Lolita, et en plus c'est un dragon ! Pour lui, la vie est encore plus compliquée... Il faut chercher un système pour le faire évader...

– Attention ! dit soudain Sambo à Pipo, ne vous appuyez pas sur cette cloche, elle va sonner !

En effet, après quelques secondes la cloche se mit en mouvement, assourdissant neuf fois les oreilles des habitants du clocher. La lumière déclinait. En surveillant la grand-place, ils virent Papuzio qui faisait démonter et ranger le chapiteau par des enfants.

– Il a dû encore raconter quelque mensonge pour obtenir gratuitement cette main-d'œuvre ! fit remarquer le clown.

– Qu'il s'en aille ! s'exclama Lolita, même au bout du monde je saurai bien le retrouver !

Un camion arriva. Sur la plate-forme

arrière était amarrée une cage. Dragon fut poussé à l'intérieur, puis un garde verrouilla la porte et remit la clef au ministre.

La nuit tomba. Le camion restait stationné dans la cour du bistrot. Par une fenêtre éclairée, ils aperçurent le ministre et ses deux complices qui festoyaient.

Il ne resta bientôt plus qu'un garde qui faisait les cent pas devant la cage. La cour était faiblement éclairée mais ils distinguaient nettement Dragon. Il était recroquevillé dans un coin et semblait dormir.

Lolita proposa un plan pour sauver le dragon :
— Il faut d'abord s'emparer de la clef de la cage. C'est le ministre qui la possède. Ensuite nous devons occuper le garde ou le mettre hors d'état de nuire et de donner l'alerte. Enfin il faut ouvrir la cage, délivrer Dragon et fuir, vite, aussi loin que nous le pourrons.
— Moi, je peux récupérer la clef, dit Pipo. Je crois même que ce sera facile... J'ai des talents de prestidigitateur, je connais bien des tours de manipulation

et, si je voulais, je serais un très bon pickpocket ! Je vais exécuter un petit numéro devant ces trois bandits... Quelques tours de magie et, passez muscade, le ministre ne s'apercevra de rien quand je lui subtiliserai la clef !

– Moi, je m'occupe du garde, dit Sambo. Pas de violence, il sera hors d'état de nuire sans douleur ! C'est sûrement un pauvre type qui est obligé de faire ce fichu métier pour nourrir une femme et plein d'enfants ! Il doit rêver à autre chose, une autre vie où il ne faudrait pas toujours brutaliser les gens, couper les mains, perforer les yeux ! Moi, je vais l'endormir en douceur. J'ai là quelques bonnes herbes, cueillies dans la montagne... Je lui offrirai une cigarette de ces merveilleuses plantes et la fumée lui fera faire de beaux rêves... Pendant ce temps, nous pourrons délivrer Dragon.

– Il me reste à trouver un moyen efficace et rapide pour fuir d'ici, dit Lolita. Je vais chercher dans le village une moto ou une voiture de course.

Elle montra une tache très obscure sur la grand-place et continua :

– Il est un peu plus de neuf heures. A

onze heures, retrouvons-nous là, à l'ombre de cette statue. Si chacun a réussi dans son travail, Dragon sera sauvé !

Ils sortirent un à un du clocher et se fondirent dans l'obscurité.

25

Le nain Pipo entra au café du Gai Laboureur et du Progrès réconciliés. Le soir, on servait des soupers aux voyageurs de passage.

Il demanda à rencontrer le ministre, le général et le shérif-singe.

— Ils ne reçoivent plus, leur travail est fini, expliqua le patron. Aujourd'hui ils ont déniché l'oiseau rare ! Un magnifique dragon qui ne leur a pas coûté trop cher ! Maintenant, ils font la fête pour célébrer cette trouvaille !

— Je sais tout cela, répondit sèchement le nain. Conduisez-moi auprès d'eux.

— J'ai ordre de ne pas les déranger, dit

l'aubergiste. Que leur veux-tu ?

— Annoncez-leur que le célèbre magicien Pipo est là, venu exprès pour les étonner. Je viens leur présenter les tours les plus surprenants du monde...

L'aubergiste revint rapidement, invitant Pipo à le suivre.

— Ils sont très gais ! précisa-t-il au nain. Ils veulent s'amuser. Ils t'attendent avec impatience. (A voix basse, il ajouta en se penchant à l'oreille du nain :) Méfie-toi d'eux, ils sont puissants et dangereux...

Il ouvrit une porte et le clown pénétra dans une salle enfumée et bruyante. Les trois compères festoyaient autour d'une table somptueusement garnie. Un chevreuil à peine entamé laissait cascader de son flanc un flot de truffes. Il côtoyait une pyramide de coquilles d'huîtres, des reliefs de foie gras et un troupeau de carcasses d'ortolans frits à la graisse de bécasse. Le ministre, très débraillé, lapait à la louche de gros grains de caviar pressés dans un énorme saladier de cristal reposant sur un lit de glace. Des bouteilles de champagne, vides, encombraient le sol. Trois ou quatre serveuses écoutaient avec ennui les boniments des gredins un peu ivres.

– Tu as bien fait de venir ! approuva le général en engouffrant un pilon d'oie confite qu'il venait par erreur d'enduire de confiture de mangues. Nous commencions à nous ennuyer ! Que sais-tu faire ?

– Je sais remplir un verre lorsqu'il est vide, répondit Pipo qui voulait mettre ses ennemis en confiance.

– C'est un tour qui me convient très bien ! s'esclaffa le général en tendant sa coupe, et encore ?

– Je sais deviner vos pensées les plus secrètes...

– C'est très fort ! remarqua le ministre, vraiment très fort ! Très bien, devine à quoi je pense !

– Monseigneur, ne me posez pas aussi brutalement cette question ! Il faut que je me concentre ! Laissez-moi d'abord mesurer vos pensées.

Il s'approcha du ministre, déplia sous son nez un mètre à ruban, sembla mesurer sa veste, ses poches, la circonférence de son crâne, et soudain, pour occuper l'assistance, il fit jaillir de ses mains un

150

bouquet de fleurs qui se trouvait au bout de la table quelques instants auparavant.

— Pas mal ! fit le ministre, mais, ça, je l'ai déjà vu !

— Attendez, Excellence, je dois maintenant connaître le poids de vos pensées.

En disant ces mots, Pipo sortit de sa poche une balance romaine avec son poids et son crochet. Il tournoya tout autour du ministre, farfouilla dans tous les replis de ses vêtements, semblant peser chaque poche et chaque bouton. Le ministre, un peu bousculé, gronda :

— Alors, as-tu trouvé mes pensées secrètes ou n'es-tu qu'un bon à rien, tout juste capable de t'agiter ?

— Prenez patience, Votre Altesse ! répondit respectueusement le nain en glissant délicatement un petit objet métallique dans sa poche. Maintenant, je peux vous révéler vos pensées les plus secrètes...

Il remplit de champagne les coupes des trois hommes, recula jusqu'à la porte et dit...

Rien, il ne dit rien !

– Alors ? s'écria le ministre qui s'impatientait.

– Il m'est impossible de révéler vos pensées, déclara le nain.

Des cris fusèrent. Le shérif sortit une grosse pétoire et commença à hurler :

– Si tu t'es moqué de nous, je te...

– ... coupe les mains et je te perfore les yeux ! continua le nain. Je connais le programme... C'est une manie chez vous ! Cessez de plaisanter ! Sachez, mes Princes, que si je ne révèle pas vos pensées, c'est que j'ai surpris, chez d'eux d'entre vous, des projets tellement sombres, des désirs tellement malfaisants que je ne peux les exposer ici...

Soupçonneux, le ministre regarda le général et le shérif, le général dévisagea le ministre et le shérif, et le shérif observa le général et le ministre.

– Révèle-nous immédiatement les pensées les plus secrètes du shérif et du général ! cria le ministre. Je t'ordonne de dire tout ce que tu as découvert !

– Puisque Votre Excellence le désire vraiment, annonça le clown, je vais vous dire la vérité... Le shérif n'attend qu'une occasion pour faire disparaître le général et devenir général à sa place...

— Tu es un extrait de crachat! hurla le militaire, qui s'y connaissait en insultes, une raclure de poubelle!

Il sortit un pistolet et menaça le shérif.

— Doucement! dit le nain, savez-vous ce que pense le général? Il cherche la première occasion pour se débarrasser du ministre et pour s'installer à son poste!

— Scolopendre puant! hurla le ministre, qui avait des insultes plus raffinées que le général.

Il dégaina un long stylet et le dirigea vers le militaire.

— Et le ministre ne pense qu'à devenir dictateur..., ajouta à voix très basse le nain. Mais ça, ce n'est pas le moment d'en parler...

Le vacarme était épouvantable. Les servantes s'enfuirent, terrifiées. Le shérif était grimpé sur une table. Le général avait pris position derrière un fauteuil. Une mêlée indescriptible commençait.

Profitant du tumulte, le nain s'éclipsa

en vérifiant que la clef qu'il avait habilement subtilisée était toujours dans sa poche.

26

Le contact glacé des bar-
reaux de la cage fit frissonner
Dragon l'Ordinaire. Il commença à
gémir.

« Si seulement j'étais resté dans mon
château au lieu d'écouter ce vieux rado-
teur d'Astragor ! Au diable les folles
aventures, la gloire, les amours... D'ailleurs Mme Lolita m'abandonne !... Si elle
m'aimait, elle viendrait me délivrer.
Comment peut-elle rester avec ce monstre de Papuzio ? »

Il continua à pleurnicher, recroquevillé dans un coin de la cage.

« Que suis-je allé faire dans ce cirque ?

Si seulement j'avais une idée, une toute petite idée... La moitié d'une idée pour sortir de cette prison... »

Il songea à ses ancêtres, eux auraient trouvé un moyen de s'en sortir. Il renifla et se redressa, décidé à ne pas se laisser aller au désespoir.

« Lolita, elle aussi, est peut-être prisonnière, songea-t-il. C'est à moi de la sauver ! A noble cœur, rien d'impossible ! »

Dragon, n'ayant pas d'autre idée, se répéta bêtement cette phrase : « A noble cœur... »

« A-no... Anneau ! » Ce mot lui rappela l'existence de l'anneau magique qu'il portait à son petit doigt. Machinalement il le fit coulisser le long de sa phalange. Une odeur de poudre, comme celle des allumettes magiques de Noël, vint chatouiller ses naseaux. Une gerbe d'étincelles jaillit en crépitant de la bague et une feuille imprimée, pliée en quatre, se dressa devant les yeux du dragon ébahi...

Il prit la feuille, la déplia et lut :
Salut à toi, ô Dragon des Dragons !... Je

suis le mode d'emploi de cet anneau magique... Il a pouvoir de te transporter dans le temps...

Si tu tournes l'anneau dans le sens opposé à celui des aiguilles d'une montre, tu reviendras en arrière dans le temps...

Si l'anneau fait un tour, tu rajeuniras d'une minute, deux tours, d'une heure, trois tours, d'une journée, quatre tours, d'une semaine ! En tournant cinq fois, tu reculeras d'un mois, six fois, d'un an ! Ainsi de suite... Pour neuf tours, par exemple, tu retourneras mille ans en arrière, à l'époque de ton arrière-grand-père, Dragon le Dragueur...

Si tu tournes l'anneau dans l'autre sens, dans le sens des aiguilles d'une montre, tu voyageras dans le futur. Un tour : une minute, deux tours et tu vieilliras d'une heure... Huit tours et tu découvriras le siècle prochain !

Réfléchis bien, ne te trompe pas ! Cet anneau est très dangereux... Si tu rajeunis trop, tu te retrouveras dans un monde où tu n'existeras pas... Si tu vieillis trop vite, tu arriveras dans le royaume des morts...

Bonne chance ! ajoutait en conclusion le mode d'emploi. En se repliant soigneusement, il disparut comme il était venu...

Dragon demeura un long moment totalement abasourdi par sa découverte et le fabuleux pouvoir qu'il portait à son petit doigt.

Enfin il se décida à agir.

« Je dois d'urgence retourner en arrière, pensa-t-il. Voyons, une heure ?... »

Il réfléchit : une heure, c'était beaucoup trop court. Il y a une heure, il entrait tout juste dans la cage. Une journée ?... Non ! la veille il se trouvait au cirque et Mme Lolita allait tomber dans la rivière aux crocodiles ! Quel affreux souvenir ! Une semaine ?... C'était la bonne solution. Il se retrouverait tranquillement dans son château, savourant ses dernières sardines en attendant la venue d'Astragor.

Il fallait donc rajeunir d'une semaine, c'était le bon choix !

Dragon écarta bien les doigts et commença, lentement, à tourner l'anneau.

« Voyons, murmura-t-il, pour aller en arrière, je dois tourner l'anneau dans le sens opposé aux aiguilles d'une montre, c'est-à-dire de la gauche vers la droite... Pas d'erreur possible... Et, pour rajeunir d'une semaine, l'anneau doit tourner trois fois... C'est tout simple ! »

L'anneau fit un premier tour, puis un second... Dragon pensa alors très vite à Mme Lolita. S'il reculait d'une semaine, il est probable qu'il ne la retrouverait plus jamais ! Que jamais plus il ne tomberait amoureux s'il restait dans son château...

Il stoppa le mouvement de ses doigts et poussa soudain un cri. Il venait de se souvenir qu'il confondait toujours la gauche et la droite !...

« Je me suis trompé ! Je n'ai pas fait deux tours vers le passé mais deux tours vers le futur ! »

Il sentit une sueur froide couler le long de ses tempes. S'il allait trop loin dans le futur, qu'allait-il trouver ?... Le dictateur, la torture et la mort...

« Je m'arrête là, pensa-t-il. Je limite les dégâts... Puisque je ne peux pas faire autrement, deux tours, une heure dans le futur, c'est suffisant !... »

Il entrevit un instant un grand personnage vêtu d'une veste à carreaux, précédé de Pipo qui tenait une clé à la main.

Un éclair crépita, abandonnant derrière lui un petit nuage bleu.

27

Pendant ce temps, Sambo observait dans l'ombre l'homme chargé de surveiller Dragon l'Ordinaire.

C'était un garde tout en graisse, épais, lourd comme un bœuf. Il devait être terrible lorsqu'il se battait.

D'un pas nonchalant de promeneur, Sambo s'avança vers lui.

– Halte-là ! Qui va là ? Au large ! beugla mécaniquement le garde. Disparais ou je t'extermine !

– Du calme, camarade ! répondit Sambo d'une voix douce. Que se passe-t-il ? N'est-il pas possible de traverser cette cour tranquillement ?

– On ne discute pas ! hurla le garde.

Menaçant, il s'avança vers Sambo en brandissant une sorte de casse-tête hérissé de clous.

Sans paraître impressionné, Sambo sortit de la poche arrière de son pantalon un petit ocarina et commença à jouer un air très doux, aux notes grêles et flûtées.

Le garde sembla désemparé. Il recula d'un pas en grognant :

– C'est un ordre du général... Moi, j'obéis, c'est tout ! Je n'ai pas le choix...

Sambo continuait à jouer. Le garde le regardait sans bouger. Peu à peu une expression de plaisir et d'étonnement se lisait dans ses yeux.

« C'est souvent comme ça, pensait Sambo. Les plus grandes brutes ne peuvent pas résister à un petit air d'ocarina. Sous des apparences de bêtes, elles cachent beaucoup de nostalgie et de tendresse oubliée. »

Il s'approcha du garde :

– Eh bien, camarade ! N'est-ce pas une belle nuit pour jouer un peu de musique ?

– Belle nuit! Belle nuit! ronchonna le garde...

Il garda un long moment le silence, comme s'il avait du mal à rassembler ses idées éparpillées dans les corridors de sa grosse tête. Il s'assit sur une borne de pierre, près de Sambo, regarda autour de lui, fit un signe en direction du dragon et dit :

– Allez! On peut bien causer un peu... Celui-là, il ne risque pas de s'enfuir, enfermé à double tour dans sa cage!...

Sambo ne répondit rien. Il connaissait le pouvoir de sa musique et comprit que l'homme était mûr pour raconter tout ce qu'il avait sur le cœur.

– Ouais, reprit le garde, cette musique est bizarre... Elle me rappelle ma jeunesse, quand j'étais tout gosse... Je gardais des biques, dans le causse Barbu. Je me souviens, parfois, les matins de printemps ou les nuits de Saint-Jean, j'entendais les bergers qui jouaient de l'ocarina. Ils se répondaient par-delà les vallées et les montagnes. C'était comme un concert... léger comme le vent frais des petits matins d'avril. Cette musique ondulait, vibrait, pareille à une truite quand tu la retires du torrent et que tu la gardes un moment dans tes paumes..., souple, froide, toujours prête à te filer entre les doigts en ne te laissant qu'un souvenir brillant...

Le garde se tut. Un peu honteux d'en avoir tant raconté, il se reprit :

– Tu me fais dire n'importe quoi, avec ta fichue musique ! Moi je ne sais pas causer !

– Tu parles comme un poète. Tu aurais pu devenir musicien, affirma Sambo.

Le garde poussa un grand soupir :

– Musicien, moi ! J'étais tout juste bon à recevoir des taloches et à manger les restes des maîtres ! Je me suis marié, j'étais commis de ferme. Un jour mon patron m'a dit : « Va-t'en, il n'y a plus de travail pour toi ! » Plus d'argent, pas de maison et onze enfants à faire manger... Ma femme est tombée malade. Elle est morte de tristesse... Je suis entré au service du shérif. Je coupe les mains, je crève les yeux mais il y a bien des jours où je n'en ai pas tellement envie... Enfin, c'est le travail ! A chacun ses petits ennuis ! Et puis ici, au moins, je mange à ma faim et mes enfants aussi !

Sambo sortit de sa poche une blague à tabac. Il la tendit au garde.

– Une cigarette ?

– C'est pas de refus, bien que le shérif ne veuille pas qu'on fume pendant le travail. Mais écoute-moi le boucan qu'ils font !

Il montra du doigt les fenêtres éclairées derrière lesquelles festoyaient le ministre et ses acolytes. Il se roula une grosse cigarette, la colla soigneusement et l'alluma.

– Il a une drôle d'odeur, ton tabac, remarqua le garde.

– C'est un mélange extra des montagnes..., répondit Sambo évasivement.

– Hum ! toussota le garde, la musique... Oui, la musique... (Il se parlait à lui-même, perdu dans ses désirs.) Si j'avais quelques sous, j'achèterais une grosse caisse, une bien ronde avec peut-être même du doré sur les côtés.

Il tira une longue bouffée de sa cigarette et continua, les yeux brillants :

– Je taperais dessus, le jour, la nuit ! Avec les mains et même avec les pieds... Je donnerais des coups de poing !

Il avalait de grosses bouffées de ciga-

rette au rythme des coups qu'il imagi-
nait, il criait presque :
– Et tout le monde dirait : « Tu es le
plus fort, Anicet ! Quelle belle musique ! » Alors je taperais encore plus...
Sans arrêt... Je... je...

Il n'acheva pas. Sa phrase s'envola
dans son rêve.

« Il dort, enfin ! constata Sambo. Il est
au pays des grosses caisses ! Maintenant
la voie est libre... Pourvu que Pipo
revienne avec la clef ! »

Il entendit un pas précipité qui crépi-
tait sur le pavé et reconnut le nain. Il
accourait en riant, tenant à la main un
objet qui brillait faiblement. Ensemble
ils s'approchèrent de la cage.

Dragon aperçut, dans la demi-obscu-
rité de la place, le nain Pipo suivi d'un
grand personnage vêtu d'une chemise
à carreaux et d'un pantalon en piteux
état.

– Nous venons te délivrer ! dit joyeusement Pipo au dragon, pendant que son
compagnon introduisait une clef dans la
serrure de la cage.

Un nouvel éclair fusa et Dragon se

retrouva tout seul, au pied d'une statue, sur la grand-place du village.

Faiblement éclairée, l'horloge de l'église indiquait qu'il serait onze heures dans cinq minutes.

28

Sur la colline, caché dans le petit bois, Papuzio avait longuement observé, avec de vieilles jumelles, l'arrivée de Dragon dans la cage.

Maintenant que la nuit était tombée, il se décidait à descendre au village.

« Je vais me cacher dans un coin sombre et attendre les événements, pensait Papuzio. Lolita et le nain ne vont certainement pas tarder à essayer de délivrer le dragon. C'est le moment ou jamais ! S'ils réussissent, je m'arrangerai pour récupérer tout le monde, Lolita est bien obligée de m'obéir et le dragon est tellement sot ! Il ne nous restera plus qu'à filer en vitesse très loin d'ici. S'ils échouent, eh bien, tant pis pour eux ! Ce sont les beaux yeux de Lolita que l'on crèvera et les petites mains du nain que l'on coupera !... Pas ceux du grand Emilio Papuzio ! »

Il se cacha sous une porte cochère bien obscure, d'où il pouvait observer, sans être vu, toute la cour et la cage du dragon. S'il ne prêta pas beaucoup d'attention à un grand escogriffe vêtu d'une chemise à carreaux qui jouait de l'ocarina et offrait une cigarette au garde, il observa, par contre, avec beaucoup d'intérêt l'étrange comportement du dragon qui s'agitait dans sa cage.

Lorsqu'il braqua sur lui ses jumelles, il le vit qui tournait l'anneau qu'il portait au petit doigt. Il y eut un éclair, un nuage de fumée... C'est à ce moment précis que le nain arriva avec sa clef suivi de l'homme à l'ocarina.

« Ça y est ! Ils viennent délivrer le dragon, pensa Papuzio. Je les laisse prendre le large pour ne pas risquer d'être surpris avec eux et, dès qu'ils se seront un peu éloignés, je les rattrape et le tour est joué ! »

Il remarqua que Dragon tripotait toujours son anneau. Un nouvel éclair fusa et Dragon disparut...

« Il possède un anneau magique ! Un anneau qui a le pouvoir de le rendre invisible ! Comment vais-je le retrouver ? gémit Papuzio. Il faut que je le récupère au plus vite ! Non seulement je posséderai un monstre extraordinaire pour mon cirque, mais je conserverai les deux mille écus d'argent et je m'emparerai de l'anneau magique ! »

29

Sambo et le nain, stupéfaits, cherchèrent longuement Dragon.

Ils ne pouvaient admettre qu'il venait de disparaître, là, sous leurs yeux, juste au moment où ils s'apprêtaient à le délivrer.

Ils inspectèrent le camion, tous les recoins de la cabine, entre les roues, même dans le moteur... Ils durent se rendre à l'évidence : la disparition de Dragon l'Ordinaire avait quelque chose de magique...

Ils entreprirent de fouiller les alentours. Cette inspection prit du temps et ne leur apporta aucune information nouvelle sur la disparition du dragon. Dans l'ombre d'une porte cochère, ils crurent apercevoir une forme mais elle disparut dès qu'ils approchèrent.

Fatigué de cette recherche inutile, Pipo dit :

– De toute façon, maintenant, il faut rejoindre Lolita. Il sera bientôt onze heures et elle va nous attendre. Dragon s'est volatilisé. Nous ne devons pas rester ici : si le garde se réveillait, nous risquerions d'être capturés par la bande du dictateur...

Cette idée les fit frissonner et ils partirent en courant, pour se réchauffer, vers le rendez-vous qu'ils s'étaient fixé, à onze heures, au pied de la statue.

Lolita les attendait déjà. Elle portait trois longs paquets de toile, un peu semblables à des sacs de tentes de camping.

– Alors ? questionna la danseuse, où est-il ?

Ils lui expliquèrent comment ils avaient mené à bien leur mission, chacun de leur côté, jusqu'au moment où ils allaient atteindre leur but. Dragon avait

alors disparu dans un petit nuage et un
éclair...

Ils gardèrent un moment le silence,
écrasés par la triste réalité...
– Nous ne le reverrons sans doute plus
jamais, murmura amèrement Pipo.
Cette disparition est trop mystérieuse...
A ce moment, onze heures s'égrenè-
rent pesamment au clocher. Ils entendirent une exclamation et un piétine-
ment derrière eux, de l'autre côté de la
statue.
Prudemment, ils firent le tour du
monument et découvrirent Dragon qui
semblait aussi étonné qu'eux de les
retrouver à cet instant et à cet endroit.
– Dragon ! s'écria Lolita.
– Lolita ! s'écria Dragon.

Ils tombèrent tous dans les bras les
uns des autres comme s'ils ne s'étaient
pas vus depuis des années et qu'ils reve-
naient de la guerre ! Chacun raconta
rapidement son histoire.
– C'est mon anneau magique qui m'a
joué un tour, expliqua Dragon. Il m'a
transporté dans le futur, une heure plus

tard, mais je ne comprends pas pourquoi je me suis retrouvé ici.

— C'est facile à comprendre, dit Pipo. Si nous t'avions délivré, une heure plus tard nous nous serions tous retrouvés ici, comme convenu, au pied de cette statue. Nous sommes venus te délivrer, tout aurait dû bien marcher, nous nous retrouvons donc tous ici, c'est normal, c'est logique !

— Ah bon, dit Dragon, si c'est logique, alors c'est normal et tout va bien !

— Nous aurons tout le temps pour réfléchir à cela plus tard, dit Lolita, mais maintenant il faut fuir à toute vitesse !

— As-tu trouvé un engin rapide ? demanda Pipo.

— J'ai tout ce qu'il faut, répondit la danseuse en montrant les longs sacs qu'elle avait apportés avec elle.

A ce moment des coups de feu éclatèrent, venant du café du Gai Laboureur et du Progrès réconciliés. Un grand tintamarre suivit les détonations.

— Dragon, ta disparition est découverte, dit Lolita. Ils vont barrer les routes. Il faut nous cacher au plus vite.

– Retournons au clocher! conseilla Sambo. Nous y serons en sécurité et nous pourrons observer les événements.

Ils se faufilèrent en silence dans les petites rues et grimpèrent jusqu'en haut du clocher.

30

Armés jusqu'aux dents, les gardes s'agitaient et le général hurlait. Des projecteurs éclairaient la cour de l'auberge. Les habitants du clocher aperçurent Papuzio, ligoté et à demi assommé, que l'on enfermait dans la cage.

Papuzio se rendait compte de sa bêtise, mais il était trop tard pour changer quelque chose...

Lorsque le nain et le joueur d'ocarina avaient entrepris de fouiller la place, il n'aurait pas dû s'approcher de la cage ! Mais il était persuadé que Dragon était devenu invisible et qu'il suffisait de chercher à tâtons pour le toucher, pour le retrouver... Comme un aveugle, il avait fouillé tout le camion, bien décidé à attacher le dragon s'il l'attrapait et à le tirer en laisse derrière lui, invisible ou non !

Hélas, ce n'est pas le dragon qu'il avait trouvé mais le singe-shérif ! Celui-ci l'avait attrapé par le col de sa veste et lui avait fourré sous le nez la bouche édentée de son énorme pétoire !

Papuzio avait dénoncé le nain et le joueur d'ocarina, il avait juré qu'il n'était pour rien dans l'évasion du dragon, il avait pleuré, supplié en vain. Le shérif voulait se venger.

Pourtant, Papuzio était prêt à faire de grands sacrifices :

— Libérez-moi, pleurait-il, je vous donnerai tout ce que je possède : un bœuf merveilleux, plus fort que dix mille Turcs ; un camion splendide, rapide et confortable ; des habits somptueux !

— Tu n'es qu'un voleur ! avait déclaré le ministre, qui s'était réconcilié avec le shérif et le général, et les voleurs, tu sais ce qu'on leur fait ?

— On leur tranche les mains, on leur creuse les yeux, avait ajouté en riant le singe-shérif.

— Et quelquefois, si on est en forme, on leur arrache les ongles et on leur badigeonne le bout des doigts de moutarde, en prime, avait conclu le général.

Le malheureux Papuzio gémissait dans sa cage. Il ne lui restait plus qu'à attendre le châtiment, le lendemain à l'aube...

Et, comme un malheur ne vient jamais seul, le ministre, avant d'aller se coucher, avait récupéré dans sa poche les deux mille écus d'argent ! « Plus de mains, plus d'yeux, plus d'ongles, plus d'argent... La vie se complique », songeait Papuzio.

Il ne lui restait juste qu'un petit espoir, c'est qu'on lui arrache les ongles après lui avoir coupé les mains...

Du haut du clocher, les quatre amis avaient assisté à toute la scène.

— Il faut sauver Papuzio, dit le dragon.

— Il faut sauver Papuzio ! Il faut sauver Dragon ! Il y a toujours quelqu'un à sauver ! Non... Papuzio ne le mérite pas !

dit Pipo avec force. C'est un monstre ! Ce châtiment est la juste conclusion de ses forfaits !

Lolita resta un moment pensive, puis elle ajouta seulement :

— Maintenant il faut dormir. Nous sommes tous épuisés. Demain matin je vous expliquerai mon plan d'évasion pour fuir d'ici, vite et loin.

31

Le braiment d'un âne réveilla Lolita bien avant l'aube. Elle se leva en silence et commença à faire un mystérieux assemblage avec le contenu de ses longs sacs.

Lentement le jour se leva. Une lueur incertaine, à l'horizon, blanchit doucement les maisons du village. Avec la chaleur de la journée naissante jaillirent les couleurs. Les maisons en rosissant s'épaissirent, les ombres s'allongèrent, dessinant portes et fenêtres, ruelles et cheminées.

La cour de l'auberge commença à s'animer. Le shérif aboya des ordres pendant que les gardes s'activaient dans tous les sens, comme des automates, encore ensommeillés.

Tous les habitants du clocher étaient maintenant éveillés. En bas on amenait un fût de chêne qui devait servir de billot. Des gardes allumèrent un grand feu où ils firent rougir la lame d'une hache. Enfin, alors que le sixième coup de cloche venait de résonner, le ministre parut. Il était vêtu d'une robe de chambre en cachemire matelassé.

– Nous te crèverons les yeux en dernier, dit le général en s'approchant de Papuzio. Il faut bien que tu voies si nous faisons bien notre travail. Pour commencer nous allons te trancher les mains avec une hache chauffée au rouge... Pour cautériser tes plaies... Tu vois que nous pensons à ta petite santé !

En haut du clocher, Lolita expliquait son plan de fuite :
– J'ai cherché dans toute la ville un engin pour nous transporter rapidement loin d'ici. Finalement j'ai trouvé ceci, je crois que c'est ce qu'il y a de mieux dans notre cas...

Elle désigna les tubes et les voiles qu'elle venait d'assembler dans un coin du clocher.

— C'est une bonne idée, la planche à voile, remarqua Dragon, mais il faudrait amener un peu d'eau... Peut-être qu'un délu...

— Ce ne sont pas des planches à voile, interrompit Lolita en riant, ce sont des ailes volantes, des sortes de parachutes qui suivent les vents et seront capables de nous transporter très loin. Vous vous suspendrez au trapèze qui est sous l'aile de toile. C'est le balancement de votre corps qui vous dirigera. En vous penchant à droite ou à gauche, en avant ou en arrière, vous ferez monter, descendre ou tourner votre aile volante. Les bandits ne pourront pas nous poursuivre et nous serons discrets en survolant les campagnes, car les ailes sont totalement silencieuses ! Il n'y a qu'un problème, je n'ai trouvé que trois ailes... Nous allons tirer au sort celui de nous qui devra rester ici, dans le clocher.

— Inutile, répondit Sambo. Je ne tiens pas à vous accompagner. Ma vie est ici. J'ai été très content de pouvoir vous rendre service. J'espère que nous nous reverrons...

– J'en suis sûre, répondit Lolita en embrassant l'homme. Adieu, Sambo, et que la musique des cloches te protège !...

L'un après l'autre ils sautèrent dans le vide. En un instant ils ne sentirent plus le poids de leur corps. Entre ciel et terre ils planaient comme des oiseaux...

Dragon n'était pas trop rassuré, accroché à son trapèze, ficelé à son aile comme un jambon pendu au plafond. Le vent du matin gonflait la voile et l'entraînait dans les airs. Il ressentit pourtant très vite une sensation de bonheur parfait, à flotter doucement entre terre et soleil.

Ils survolèrent la cour de l'auberge.

Comme les ailes glissaient dans un silence absolu, personne, en bas, ne pensa à lever la tête.

Papuzio, blanc comme de la crème fraîche, les mains étendues sur le billot de chêne, attendait en silence le terrible châtiment. Ses cris et ses protestations n'avaient servi à rien. Le shérif avait

promis de lui couper la tête s'il ouvrait seulement la bouche. Il s'était donc résigné, pensant qu'il valait mieux perdre les yeux et les mains que de perdre tout le reste d'un seul coup.

Le bourreau s'empara de la hache chauffée au rouge et, en poussant un grognement sourd comme le font les bûcherons pour se donner du cœur à l'ouvrage, il l'éleva rapidement au-dessus de sa tête.

A l'instant précis où la hache brûlante allait retomber sur les poignets de Papuzio, une ombre glissa sur l'assistance. Lolita, suspendue à son aile, survola les têtes, à quelques centimètres des chevelures, et cria à Papuzio :

– Accroche-toi à ma main gauche, vite, et tiens bon !

Papuzio réagit instantanément, grimpa sur le billot et s'agrippa à la main de la danseuse qui semblait tombée du ciel.

Stupéfait, le bourreau laissa sa hache en l'air pendant quelques instants. Quand elle retomba, les mains de Papuzio n'étaient plus sur le billot. Elle s'enfonça profondément dans le cœur du tronc d'arbre.

Guidant le trapèze d'une main, soutenant Papuzio de l'autre, Lolita s'élevait dans le ciel.

Le sauvetage de Papuzio n'avait duré que quelques secondes. Le temps que les gardes réagissent et commencent à tirer, la danseuse et son fardeau n'étaient plus qu'un point dans les airs, un point d'exclamation, suivi de deux points de suspension...

32

Très haut dans le ciel, les trois ailes volantes s'étaient maintenant regroupées. Dragon prenait un vif plaisir à ce nouveau sport. Il penchait à droite, tournait, virait, grimpait en spirale, plongeait en chandelle... Papuzio, revenu de ses frayeurs, accroché en remorque à Lolita, n'arrêtait pas de parler. Maintenant que le danger était passé, il se sentait fort à nouveau.

– Ma chère Lolita, tout cela est un affreux malentendu ! C'est en voulant délivrer notre bon Dragon que tous ces malheurs m'ont accablé. Une fois de plus mon bon cœur et ma bravoure m'ont perdu !... J'étais certain que tu ne m'abandonnerais pas. Tu sais combien je t'aime, Lolita ! Nous allons enfin pouvoir retrouver notre magnifique Papuzio Circus où vous étiez si bien avant ces terribles événements !...

— Tu es encore plus méprisable que je ne le pensais ! répondit Lolita. Maintenant tais-toi et écoute ce que j'ai à te dire. Papuzio, je viens de te sauver la vie mais je veux, en échange, que tu me dises où tu as enfermé ma petite fille, Rhapsodie !

— Et si je refuse ? ricana Papuzio.

— Si tu refuses ? J'ouvre la main et tu t'écraseras dans un champ de navets, trois cents mètres plus bas... Ce sera le plus grand saut de ta carrière... Et le dernier !

D'une voix ferme elle ajouta :

— Je te laisse une minute pour tout me dire, sinon tu deviendras un petit tas de hachis, Papuzio ! Je compte : un... deux... trois...

— Tu n'oseras pas, ma chère, ma grande, ma belle Lolita ! Après tout ce que j'ai fait pour toi !

— ... seize... dix-sept... dix-huit... Ce que tu as fait pour moi ! railla la danseuse, tu as kidnappé ma fille, tu m'as obligée à travailler comme une bête dans ton cirque minable ! Tu m'as brutalisée, mal nourrie, injuriée ! Tu as traité Dragon comme un pantin ! Tu l'as vendu comme un esclave ! Et tu voudrais que j'aie pitié de toi ? Dépêche-toi de parler ou il ne te reste plus que quelques secondes à vivre !... Cinquante et un... cinquante-deux... cinquante-trois...

— Si tu me lâches, jamais tu ne retrouveras ta fille Rhapsodie !

— Cinquante-sept... cinquante-huit... cinquante-neuf...

Papuzio sentit que la pression des doigts de Lolita se relâchait. Très vite il regarda en bas. Les maisons paraissaient grosses comme des dés à jouer, les meules de foin ressemblaient à des grains de maïs... Il frissonna et une image de steak haché lui vint à l'esprit au moment où Lolita prononça :

— ... soixante !

— Je vais tout te dire ! cria Papuzio en s'agrippant désespérément à la main de la femme. Ta fille est en bonne santé, en lieu sûr, au fond du puits du Diable boiteux. C'est une ancienne mine dont l'entrée se trouve au sommet du pic de la Tarentule.

– Est-ce loin d'ici ? demanda Lolita.

– A pied, c'est assez loin, mais, avec ces ailes volantes, nous pourrons arriver là-bas en quelques minutes.

– Tu vas nous y conduire ! ordonna Lolita.

– Si j'obéis, quel sera mon sort ?

– Si je retrouve ma fille saine et sauve, tu seras libre d'aller te faire pendre ailleurs...

Voyant que les choses s'arrangeaient, Papuzio promit tout ce que Lolita voulait, il crut même bon d'ajouter :

– Nous pourrions être si heureux tous les quatre, une vie princière dans un cirque magnifique !

– Ne recommence pas, coupa Lolita, ou j'ouvre la main !

Papuzio jugea plus prudent de rester tranquille. A contrecœur, il indiqua la direction du pic de la Tarentule.

Il restait silencieux, réalisant que désormais il serait difficile de récupérer Lolita, le dragon et Pipo.

Pourtant, en réfléchissant, il imagina un plan très astucieux pour se sortir de ce mauvais pas... Il n'avait pas tout dit... Le chemin du puits du Diable boiteux était plein de pièges et d'embûches... Il songea que la meilleure solution serait de disparaître... C'était facile, il suffisait de voler l'anneau magique de Dragon. En le tournant autour de son doigt, ni vu, ni connu, il fausserait compagnie à ces trois imbéciles !

33

C'est la gentillesse de Dragon qui aida Papuzio à réaliser son plan.
— Si tu es fatiguée, demanda Dragon à Lolita, je peux porter Papuzio à ta place ?
— Merci, Dragon, charge-toi de ce paquet de mensonges. Je ne supporte plus son poids, je sens que je vais le lâcher...

Papuzio s'accrocha à la grosse patte de Dragon et quitta la main de la danseuse. Il regarda discrètement l'autre patte du dragon. Celle qui portait l'anneau magique...

« La chance est avec moi, pensa-t-il.

Je n'ai qu'à tendre la main pour prendre l'anneau. Dès que je l'aurai, je le tournerai autour de mon doigt, comme faisait Dragon dans la cage, et je deviendrai invisible ! Quand nous atterrirons, je disparaîtrai ! Lolita, Dragon, Pipo, jamais alors vous ne pourrez pénétrer dans le puits du Diable boiteux !... Avec cet anneau d'invisibilité, je deviendrai le maître du monde ! »

– Dragon, proposa Papuzio, change de main si tu es fatigué, tu seras plus à l'aise !

Sans méfiance, Dragon lâcha le trapèze et tendit la patte qui portait l'anneau à Papuzio.

« Dans quelques instants je serai invisible, pensa Papuzio, et si eux ne me voient pas, moi, je vais leur en faire voir de toutes les couleurs ! »

Alors que Papuzio touchait l'anneau, une brûlure terrible, une décharge fantastique le foudroya.

Il ouvrit la main et tomba comme une pierre vers le sol.

Dragon poussa un cri et annonça à ses compagnons ce qui venait de se passer.

Quelques centaines de mètres plus bas, Papuzio, comme un mannequin désarticulé, achevait sa chute... Dans une gerbe d'eau, ils le virent disparaître au milieu du lac qu'ils survolaient. Les eaux noires se refermèrent sur lui.

— Ce n'était pas un mauvais homme, dit Dragon en essuyant une grosse larme.

— Comment peux-tu dire cela ! s'exclama Pipo. C'était le pire de tous : menteur, voleur, tricheur ! Toujours prêt à renier ses amis, à exploiter les plus faibles ! Il vient enfin de recevoir le sort qu'il méritait.

— Il a raison, ajouta Lolita. Cet homme ne valait ni une larme ni un regret... Comme beaucoup d'anneaux, le tien est protégé. Si celui qui le convoite n'a pas le cœur pur, s'il veut s'en servir pour faire le mal, alors l'anneau se défend. Il foudroie celui qui veut s'en emparer...

Plusieurs minutes passèrent, en silence.

Pipo aperçut bientôt, au milieu d'un chaos désertique, une masse rocheuse en forme d'araignée.

– Regardez, dit le clown, voici le pic de la Tarentule. Je le reconnais, je suis passé ici il y a longtemps, mais le paysage n'a pas changé.

– Nous allons nous poser au sommet, décida Lolita, et chercher l'entrée de la caverne.

Ils atterrirent sans difficulté et replièrent rapidement leurs ailes pour que le vent ne les entraîne pas au loin.

Le sommet du pic ressemblait à un paysage lunaire, boursouflé de grosses roches grises. Deux énormes blocs de pierre étaient plantés verticalement au centre de la plate-forme. A côté, un crâne de taureau, blanchi par le soleil et le vent, était fiché sur un gros piquet. Au-dessous, un écriteau portait ces mots, à demi effacés :

Mine du Diable boiteux.
Si tu veux ouvrir, sonne le glas.
Si tu veux périr, franchis le pas.
Car le glas qui sonne éveille la Goula
et marque ton trépas...

– Qu'est-ce que c'est que ce charabia ? demanda le dragon.

– Certainement une énigme pour trouver l'entrée du puits, répondit Pipo. (Il réfléchit à haute voix :) *Si tu veux ouvrir, sonne le glas...* Le glas !... Ce n'est pas très rassurant... Ce sont les deux notes tristes que sonnent les cloches pour annoncer que quelqu'un est mort. Comment peut-on sonner le glas, ici, sur cette montagne ?

Ils inspectèrent rapidement le sommet du pic. Des digues très étroites, amas de pierres à demi éboulés, partaient en étoile et s'allongeaient comme les pattes d'une gigantesque araignée. Rien ne ressemblait à une entrée de souterrain...

Ils essayèrent de remuer les deux énormes pierres qui marquaient le sommet. En associant leurs forces, ils ne réussirent pas à les faire bouger d'un pouce.

– Papuzio nous a joué son dernier mauvais tour ! cria Pipo en colère. Cette énigme est complètement stupide !

Il s'empara du crâne du taureau et le lança avec violence contre l'un des gros rochers. Un son de cloche retentit aussitôt, comme si la pierre était creuse.

– Sonne le glas! Sonne le glas! dit joyeusement le nain. Écoutez!

Avec une des cornes du crâne, il frappa alternativement les deux grosses roches. Deux notes plaintives retentirent, graves et profondes. Exactement comme les sonorités d'un glas.

Alors les rochers pivotèrent sur eux-mêmes et un passage apparut. C'était un escalier étroit et noir qui s'enfonçait à pic dans le roc.

34

Lolita se précipita vers l'entrée du souterrain.

Pipo la retint :

– Souviens-toi de la deuxième ligne : *Si tu veux périr, franchis le pas !*

– Je n'ai pas le choix, répondit la danseuse. Si vous avez peur, restez ici. Ma fille est là-dessous, je le sens. Je ne vais pas abandonner si près du but !

– Je t'accompagne ! s'écria Dragon.

– Moi aussi, bien sûr, reprit Pipo.

Il arracha le pieu et le coinça en travers de l'ouverture de la caverne pour empêcher qu'elle ne soit obstruée à nouveau par les pierres.

— Il va falloir redoubler de prudence, reprit le clown : *Car le glas qui sonne éveille la Goula et marque ton trépas...*

— La Goula, c'est quoi ? demanda le dragon.

— Je crois que c'est une sorte de pignoufle patibulaire, répondit Pipo.

— Bête et méchante en plus, ajouta Lolita sombrement.

En écartant d'énormes toiles d'araignée, ils descendirent lentement les marches moussues et glissantes. Un vol de chauves-souris effraya Dragon. Ils arrivèrent bientôt dans une salle ronde d'où partaient deux tunnels, en direction opposée. Ils étaient déjà très éloignés de l'entrée et ne distinguaient presque plus rien. Dans un grondement de tonnerre, ils entendirent, au loin, les deux énormes pierres qui réduisaient en miettes le pieu que Pipo avait coincé et refermaient l'entrée du souterrain.

— Nous sommes enfermés, gémit Dragon.

— Et alors ? lança Lolita bravement. Si nous ne pouvons plus reculer, raison de plus pour avancer !

– Ça ne va pas être facile de marcher dans le noir, fit remarquer Dragon. Je pourrais peut-être cracher un peu de feu mais je risque de m'essouffler très vite...

– Voilà de la lumière ! dit en riant le clown.

Il sortit de la poche de sa grosse veste un énorme flambeau de résine qu'il alluma avec un briquet.

– Parfait, dit Lolita. Je crois que nous devons rester groupés pour mieux nous défendre en cas de danger. Choisis la direction, Dragon, gauche ou droite, après tout peu importe...

Dragon choisit la gauche et indiqua le tunnel de droite, ce qui était parfaitement normal, car il était gaucher et se trompait toujours.

Ils venaient juste de s'engager dans le nouveau tunnel lorsque Lolita fit remarquer :

– C'est bizarre... Vous ne sentez rien ?

Quand on pose ce genre de question, cela signifie habituellement que l'on sent quelque chose.

– Le froid ? répondit Dragon. Non, je ne sens pas...

— L'odeur ? interrogea Pipo.

— Oui, répondit la danseuse, cette odeur...

— J'aime bien, dit Dragon. Ça me rappelle la salade de champignons de Paris... Avec des sardines à l'huile, c'est délicieux !

— Non, coupa Lolita. Bien sûr, il y a ici une odeur de moisi, mais ça sent autre chose... Une odeur...

— C'est vrai, remarqua Dragon qui reniflait, naseaux au vent. Maintenant je sens ! Ça me rappelle de bons souvenirs..., mon château, les semaines où j'oubliais de sortir mes poubelles...

— Exactement ! s'écrièrent ensemble le clown et la danseuse. Une odeur de pourriture !

Comme l'odeur devenait insupportable, tous les trois essayèrent, avec leur pouce et leur index, de pincer bien hermétiquement leurs narines.

— Bardons vide ! dit Pipo. C'est sûrement la Goula qui approche !...

— C'est beud-être simblement une boubelle qui s'est renversée ? fit remarquer

Dragon. Enfin, une armée de boubelles de boissonniers, reprit-il après réflexion.

Lolita, à demi asphyxiée, serrant son poing libre, dit :

– J'entends un bas. Il va falloir se défendre contre cette charogne. Serrons-nous les uns gondre les audres !

A la lueur vacillante de la torche, ils aperçurent une forme sombre qui s'avançait au fond du tunnel. Ses yeux brillaient d'un éclat magnétique...

35

La puanteur les envelop-
pait totalement. Ils avaient l'impression que chaque centimètre carré de
leur peau et de leurs vêtements était
imprégné, à tout jamais, de cette horreur. Il ne leur servait plus à rien de se
boucher les narines : la puanteur était la
plus forte et réussissait à se faufiler
sournoisement de la bouche jusqu'au
nez.

La silhouette ne bougeait plus. Ils
continuèrent à marcher avec précaution. Pipo agitait sa torche. Elle dessinait de grands huit crépitants dans
l'obscurité.

A trois pas de la forme, ils s'immobilisèrent.

Une grande et belle femme, vêtue d'une robe de moire noire qui lui descendait jusqu'aux pieds, les regardait avec attention. Ses longs cheveux d'un rouge très sombre soulignaient la pâleur du visage. Ses lèvres pulpeuses et bleutées avaient l'éclat nacré de certains coquillages. Mais c'étaient les yeux qui frappaient le plus par leur fixité étrange. Quelque chose dans ce personnage rappelait la perfection de certains mannequins de cire, à qui il ne manque qu'un détail : la vie...

Lolita fit un pas en avant, bien décidée à s'expliquer, coûte que coûte, malgré l'odeur repoussante.

La femme s'inclina légèrement et parla d'une voix grave et mélodieuse :
— Je sais qui vous venez chercher ici. Votre fille Rhapsodie est en sécurité dans ce souterrain. Je suis captive comme elle. Papuzio m'a enfermée ici pour m'occuper d'elle. Elle va bien mais ne s'attend sûrement pas à vous revoir.

— Conduisez-nous ! ordonna sèchement

Lolita en scrutant le visage de la femme en noir.

« Quelle belle femme ! pensa Dragon. C'est un scandale de la tenir enfermée dans ces souterrains. Elle possède un charme fou ! »

A ce moment précis la femme regarda Dragon droit dans les yeux. Il se sentit défaillir.

Ce regard lui remit en mémoire toute la passion et la tendresse de sa dragonne de maman qui l'aimait tant. Il se revit tout petit, vers soixante-dix ans, quand, après une journée calme, il n'avait pas été assez méchant. Sa mère alors, après l'avoir fessé d'importance, lui appliquait des compresses chaudes de moutarde sur ses écailles rougies et lui caressait le museau en lui disant : « Mignon Dragon, la prochaine fois, si vous n'êtes pas très vilain, c'est votre père qui vous corrigera ! »

« Pitié, ma mère, répondait le petit monstre, calottez-moi, flagellez-moi, fustigez-moi ! Vous seule savez me châtier comme il convient ! »

Effrayé et ravi par le regard de la

femme qui le ramenait à ces souvenirs, Dragon l'Ordinaire frissonna de plaisir. Il s'appuya contre la paroi du tunnel pour ne pas tomber. La femme, voyant son trouble, d'un imperceptible tressaillement de ses longs cils recourbés acheva d'embraser le cœur du dragon. Il eut la certitude qu'enfin il venait de tomber amoureux. Ses écailles se gonflèrent. Un éclair argenté lui parcourut l'échine et explosa au creux de ses reins. Il voulut prononcer une phrase galante mais ses mots se coincèrent dans sa gorge. Il avala sa salive de travers et, vert de confusion, s'étouffa en essayant de retenir sa toux.

— Suivez-moi ! ordonna de sa belle voix chaude et profonde l'étrange dame en noir.

Elle s'avança rapidement dans le tunnel, ne semblant plus prêter attention à Dragon.

— Venez, dit Lolita.

Elle prit soudain conscience que le visage du dragon ressemblait à celui d'un mangeur de glace qui découvre avec horreur que sa glace préférée s'est échappée par la pointe du cornet et se vautre sur son beau costume des dimanches.

— Qu'as-tu, Dragon ? demandèrent ensemble Lolita et Pipo.

— Un poignard dans le cœur ! soupira Dragon en devenant pistache foncé. Cette femme est fabuleuse. Je suis follement amoureux et je voudrais que ce soit réciproque !

— Elle est très étrange. Pourtant elle ne m'inspire pas confiance...

— Pourquoi ? C'est la plus merveilleuse femme que j'aie jamais rencontrée... Après toi, bien sûr, Lolita ! s'empressa d'ajouter Dragon.

— Tu manques d'expérience ! dit Pipo. Mais, moi, je ne trouve pas normal que cette très belle femme empeste la charogne... Il y a de la Goula là-dessous !...

— Cette femme est un ange ! renchérit Dragon. Nous n'avons rien à craindre !

— Un ange noir..., marmonna Pipo entre ses dents.

Ils parcoururent quelques centaines de mètres, précédés au loin par la magnifique créature puante qu'ils distinguaient à peine dans l'obscurité. Le tunnel s'enfonçait dans les profondeurs de la montagne.

– Elle a disparu ! cria soudain Pipo en levant sa torche. Regardez, le tunnel s'arrête ici. C'est un cul-de-sac, nous ne pouvons pas aller plus loin !

En effet, à quelques pas devant eux se dressait un mur de roc et de terre.

– Ce souterrain ne mène nulle part ! Cette femme nous a attirés ici dans un piège ! Sa disparition magique prouve que c'est une sorcière, affirma le clown.

– Tu es fou ! cria Dragon.

A ce moment un ricanement diabolique retentit. Ils sursautèrent et se retournèrent d'un bond. L'étrange femme se trouvait maintenant derrière eux !

D'un geste brusque, elle étendit la main et appuya sur une des pierres de la paroi du tunnel. Dragon s'avança vers elle, bras tendus :

– Chère mâ-dâ-me !...

Il recula juste à temps pour ne pas se faire transpercer par une rangée d'énormes pointes de fer rouillé. Une lourde grille venait de s'abattre entre lui et la femme. Elle se ficha profondément dans le sol.

– Eh, eh ! ricana la femme d'une voix criarde, très différente de la belle voix grave avec laquelle elle parlait quelques instants avant, vous êtes mes prisonniers ! Inutile de chercher à vous enfuir : d'un côté le souterrain est bouché, de l'autre il y a cette grille que même un troupeau d'éléphants ne pourrait pas ébranler ! C'est le sort que la Goula réserve à ceux qui la réveillent et qui ont l'imprudence et la bêtise de descendre dans ce puits !

Dragon crut rêver devant l'incroyable spectacle qui se déroulait sous ses yeux. En une fraction de seconde, comme un ressort, la femme se plia en arrière puis se détendit d'un mouvement brusque en avant. Sa longue chevelure rouge foncé voltigea et la masse de ses cheveux recouvrit son visage. Alors lentement elle se retourna.

Ils découvrirent avec horreur que l'étrange créature avait une seconde figure, cachée sous sa chevelure, derrière le beau visage de femme. C'était la

gueule baveuse de la Goula qui les regardait de ses yeux méchants, injectés de sang.

– Eh, eh! Vous vous êtes laissé prendre par ce déguisement! Il est vraiment parfait!

– Nous n'avons pas été dupes, répondit froidement Lolita. Ton déguisement est réussi mais ton odeur reste fétide! Ta puanteur est monstrueuse. Dragon, souffle ton feu, il faut détruire cette misérable créature.

Dragon réagit très vite. Il gonfla sa poitrine et, à sa grande surprise, une longue flamme vive jaillit de ses naseaux. Elle se faufila entre les barreaux de la grille et vint s'écraser sur la gueule de la Goula.

Le monstre sembla s'enfler tandis que sa bouche édentée sifflait :

– Eh, eh! Voyez-vous cela! Cette petite bestiole crache du feu! C'est gentil de me nourrir! Eh, eh! Vous devriez savoir qu'une Goula se repaît d'ordures et s'abreuve aux flammes des volcans! Vous n'avez aucune chance de vous échapper. J'ai tout ce qu'il faut pour éteindre vos ardeurs... Eh, eh !

Dans une grimace répugnante, elle découvrit une bouche pustuleuse aux gencives verdâtres plantées, çà et là, de blocs noirâtres semblables à des petites branches de bois pourrissant. Sa langue gluante et fourchue disparut dans les replis monstrueux de sa gorge profonde.

— Adieu, ou plutôt : au diable ! ricana la Goula en s'éloignant. Bon bain ! ajouta-t-elle.

36

Enfermés dans leur prison souterraine, Lolita et ses amis se retrouvèrent seuls. La puanteur décroissait.

— Pourquoi a-t-elle dit : « Bon bain » ? demanda Dragon.

— Nous ne devrions pas tarder à le savoir, répondit lugubrement Pipo en observant une tache d'humidité qui suintait des parois du souterrain, s'élargissait et formait rapidement une petite rigole.

Des sources jaillirent tout autour d'eux. Ces petits ruisselets très vite formèrent sur le sol une grande flaque puis une mare. L'eau, en quelques instants, envahit le tunnel où ils étaient enfermés.

— Elle veut nous noyer! dit Lolita.

— Et moi qui ne sais pas nager! gémit le dragon.

— Ça ne te serait pas utile, répondit Pipo. L'eau va monter, monter, jusqu'en haut. De toute façon nous ne pourrons plus respirer...

Le liquide noir maintenant avait dépassé leurs chevilles et grimpait de plus en plus vite. Les ruisseaux devinrent torrents. L'eau glacée glissait déjà autour du cou de Pipo. En grimpant sur les épaules du dragon, le nain fit tomber le flambeau qui s'éteignit aussitôt au contact de l'eau.

Dans l'obscurité, à demi submergés par cette rivière souterraine, ils sentirent leur courage qui les abandonnait.

— Serre-toi contre moi, dit Dragon à Lolita. Je vais essayer de me servir de mon anneau.

— Recule de trois ou quatre minutes seulement, dit Pipo. Ainsi nous éviterons de tomber dans ce piège.

Dragon réfléchit qu'en faisant pivoter

son anneau juste un peu plus d'un tour, dans le sens inverse de celui des aiguilles d'une montre, il rajeunirait d'un peu plus d'une minute.

– Ne te trompe pas! supplia Lolita. Retournons dans le passé. Si tu nous envoies dans l'avenir, c'est la mort assurée...

L'eau venait d'atteindre son menton. Elle eut le temps d'ajouter, risquant le tout pour le tout :

– De la gauche vers la droite, Dragon! Surtout ne te trompe pas !

Et Dragon fit pivoter son anneau d'un peu plus d'un tour, de la droite vers la gauche...

En un éclair Dragon, qui était gaucher, réalisa qu'une fois de plus il venait de se tromper !...

37

– Cette femme est un ange ! renchérit Dragon. Nous n'avons rien à craindre !

En prononçant ces mots, il s'aperçut que quelque chose venait de se répéter. Il tâta ses vêtements : ils étaient secs.

– Un ange noir..., marmonna Pipo entre ses dents.

Il remarqua, lui aussi, que quelque chose d'étrange venait de se passer.

Très vite la mémoire leur revint :

– Nous avons réussi ! cria joyeusement Dragon. Nous sommes revenus dans le passé ! Mon anneau a fonctionné, pourtant il me semble qu'une fois de plus je me suis trompé de sens. Lolita a crié :

« De la gauche vers la droite ! » et j'ai dû faire tourner l'anneau de la droite vers la gauche... Nous devrions nous trouver dans le futur... C'est-à-dire morts, noyés !

– Non ! répondit Lolita. Je savais que tu étais gaucher et que tu allais forcément te tromper. Alors j'ai dit le contraire de ce qu'il fallait faire et tu as fait le contraire de ce que j'ai dit !

– Tu nous a sauvé la vie ! Maintenant il faut faire attention pour ne plus tomber dans le piège de la Goula. Nous connaissons ses ruses !

Ils parcoururent quelques centaines de mètres, précédés au loin par la magnifique créature puante qu'ils distinguaient à peine dans l'obscurité. Le tunnel s'enfonçait dans les profondeurs de la montagne.

– Elle a disparu ! cria soudain Pipo en levant sa torche.

– N'avancez plus ! ordonna Lolita à voix basse.

Au loin ils aperçurent le fond du souterrain, le cul-de-sac où ils avaient failli périr noyés.

Quelques secondes s'écoulèrent puis ils virent à nouveau la femme, qui les appelait :

— Suivez-moi donc, disait-elle de sa belle voix sombre et veloutée.

— Avancez très lentement, chuchota Lolita en rasant les parois du souterrain. Je vois la pierre qui commande la descente de la grille. Nous sommes presque arrivés. Je vais appuyer dessus et c'est la Goula qui sera emprisonnée...

La femme se tenait bien droite. Elle leur faisait signe d'avancer en fixant intensément Dragon, droit dans les yeux.

« Je dois résister, pensait celui-ci. Il faut que je résiste... »

Mais le pouvoir mystérieux de la belle dame noire était le plus fort. Dragon oublia tout ce qui venait de se passer et il bondit vers Lolita au moment où celle-ci allait appuyer sur la pierre qui commandait la descente de la grille.

— Arrête, Lolita ! Nous n'avons pas le droit ! Cette femme est fabul...

Tout se passa très vite. Pipo bondit comme un diable hors de sa boîte et décocha, de toutes ses forces, un coup de poing à la pointe du menton de Dragon qui s'écroula, sans connaissance.

Lolita eut le temps d'appuyer sur la pierre. La lourde grille s'abattit, emprisonnant de justesse la dame noire qui tentait de s'échapper.

– Vous êtes fous ! hurla la femme. Qu'est-ce qui vous prend ?

– Tu es la Goula, dit Pipo. Nous le savons. Tu voulais nous entraîner dans ce piège, mais c'est toi qui vas périr !

Dragon, en se frottant le menton, sortit lentement de la torpeur où l'avait plongé le coup de poing de Pipo. Incrédule, son regard errait de Lolita à Pipo et à la dame noire maintenant captive.

– Je suis désolé, s'excusa le clown, mais il fallait que je t'assomme très vite. Je suis petit mais je tape fort !...

– Ne l'écoute pas ! cria de sa plus belle voix la femme en noir derrière sa grille. Appuie sur la pierre pour me délivrer !

Elle fixait Dragon de ses yeux magnétiques. Il semblait encore hésiter.

– C'est assez, Dragon ! ordonna le clown, ou cette fois je frappe beaucoup plus fort. Tu es complètement envoûté par ce monstre ! C'est la Goula ! La Goula, Dragon ! Tu ne sens pas cette odeur de pourriture ?

Alors, pour la seconde fois, le dragon s'écroula inerte, comme un tas de chiffons, ses nerfs craquaient...

D'énormes larmes coulèrent le long de son museau et, entre deux sanglots, il bafouilla :

— C'est vrai, je sais que c'est un monstre, mais il me fascine !... Comprenez-moi, depuis le début de cet extraordinaire voyage, je veux tomber amoureux et ça ne marche jamais ! Je suis le dragon le plus malheureux de la terre... Bouhou-hou, que je suis malheureux !...

A ce moment, ils entendirent des appels et des cris.

— Tais-toi, Dragon ! Écoute ! ordonna Lolita. Cette voix, je la reconnais. C'est celle de ma fille Rhapsodie !

Soudain ragaillardi, le dragon bondit :

— Rhapsodie ! s'écria-t-il. Où est-elle ?

Mais que faites-vous donc ici à traîner ? Elle est peut-être en danger, il faut la délivrer, secouez-vous un peu !

Lolita et Pipo se regardèrent en souriant...

Derrière la grille, la dame en noir comprit que tous ses efforts de séduction seraient désormais inutiles. Elle poussa un rugissement, se plia en arrière, rejeta ses cheveux en avant et découvrit, en se retournant, sa face monstrueuse de Goula.

En trépignant, elle hurla d'une voix éraillée des injures et des grossièretés épouvantables qui, évidemment, ne peuvent être répétées ici... A aucun prix.

Déjà Dragon entraînait en courant Lolita et Pipo. Les appels de Rhapsodie venaient de l'autre côté, de l'autre tunnel. Il fallait se dépêcher.

Des traces d'humidité suintèrent des parois du souterrain. Rapidement une petite rigole se forma. Comme des sources, des ruisselets jaillirent tout autour de la Goula. Très vite une grande flaque, puis une mare et un véritable lac d'eau noire et glacée commença à monter le long du monstre. Ses hurlements redoublèrent mais ils ne servaient plus à rien.

Dragon et ses amis étaient déjà loin.

La Goula, elle, n'avait pas d'anneau magique...

38

Les appels au secours devenaient de plus en plus forts.
— Nous approchons! cria Dragon qui, malgré son essoufflement, devançait Lolita et le clown de plusieurs foulées.

Ils se heurtèrent enfin à une grosse porte de vieux chêne massif, toute bardée de barres de fer et d'énormes clous.

Derrière, des petits poings frappaient la porte, essayant en vain de l'ébranler.

La voix de Rhapsodie se fit pressante :
— Ouvrez vite! Au secours! La Goula a déposé une bombe! Tout va sauter.
— J'enfonce la porte! cria Dragon. Atten-

tion ! La porte va tomber ! Recule-toi, petite fille !

Il prit son élan et, l'épaule en avant, fonça dans l'obstacle.

Un craquement suivit un bruit sourd et Dragon poussa un hurlement de douleur. La porte n'avait pas bougé mais l'épaule de Dragon était enfoncée...

– Pauvre Dragon ! soupira Lolita. Tu es très courageux, mais cette porte est plus solide que ton épaule...

– Ne perdons pas de temps, remarqua Pipo. Pour franchir une porte quand elle est fermée, le plus simple, c'est de l'ouvrir ! Avec une clef, c'est rapide et ça ne fait pas mal !

Il sortit de sa poche un énorme trousseau de clefs et les essaya les unes après les autres. Derrière, les coups de Rhapsodie devenaient de plus en plus rapides.

– La bombe va exploser, vite !

A la quarante-septième clef, la porte s'ouvrit en grinçant.

La petite fille attendait, debout derrière la porte. Sa longue chemise de nuit se confondait avec la pâleur de ses mains et de son visage. Ses fines tresses semblaient sorties de la nuit qui les environnait. Les yeux de l'enfant, immenses, bordés de longs cils noirs, fixaient les espaces infinis de mondes invisibles.

Lolita se précipita :

— Rhapsodie !

— Maman !

La petite fille s'était avancée en direction de la voix de sa mère. Elles s'embrassèrent longuement, étroitement serrées, enfin réunies après tant d'années de séparation.

Lolita pleurait. Dragon, très ému, voyait pour la première fois cette femme si courageuse s'abandonner à la joie, mais aussi à la tristesse de découvrir que sa fille était devenue aveugle.

— Ne pleure pas, dit Rhapsodie. Je ne vois plus parce que j'ai passé trop de temps, trop d'années dans le noir de ce souterrain. Mes yeux ont perdu l'habitude du jour. Peut-être qu'avec beaucoup de temps et de patience je pourrai revoir la lumière. Mais je te vois très bien avec les yeux de mon cœur. Je savais que tu viendrais me chercher, que tu ne m'abandonnerais pas aux mains de cette horrible odeur !

— Cette horrible odeur ?

— Oui, je n'ai jamais vu le monstre qui me gardait mais je le sentais, et cette odeur contenait toute la méchanceté du monde.

— C'est fini, affirma Lolita. Cette odeur, la Goula, a disparu, noyée dans son propre piège...

Rhapsodie demanda qui étaient les personnes qu'elle devinait auprès de sa mère.

— Je te présente Pipo, répondit Lolita. Un clown très drôle, très malin et très fort.

Rhapsodie caressa doucement le nain pour découvrir son image avec ses mains.

— Mais il est tout petit, maman ! C'est un enfant !

— Il n'a de petit que son corps. Son cœur et sa bravoure sont gigantesques. Et voici Dragon !

— Dragon l'Ordinaire, précisa modestement celui-ci.

La main de l'enfant glissa sur le museau et sur les écailles.

– Il est étrange...

– Un peu différent de nous seulement, expliqua Lolita. Il n'a d'ordinaire que son nom. C'est un dragon exceptionnel ! Très sincère, très sensible et super... galant ! Sans lui et sans Pipo, jamais je n'aurais pu te délivrer !

– Il faut partir, vite ! se rappela soudain Rhapsodie. L'odeur est venue ici tout à l'heure. Elle m'a dit : « Nous avons des visiteurs ! Je leur réserve quelques mauvaises surprises ! Ils ne t'auront pas vivante ! Et s'il m'arrivait malheur, tout sauterait ! » Elle m'a affirmé qu'elle avait caché une bombe à retardement dans le souterrain. Il faut fuir au plus vite avant qu'elle explose !

Ils couraient aussi vite qu'ils le pouvaient. Dragon, malgré la douleur de son épaule, avait tenu à prendre Rhapsodie dans ses bras. Comme le flambeau était consumé, Pipo avait découvert dans ses poches une lampe à acétylène, semblable à un « lamparo », cette grosse lampe que les pêcheurs, dans certains pays, accrochent la nuit à l'avant de leur bateau. Il ouvrait la marche en éclairant fortement le souterrain.

Ils atteignirent le pied de l'escalier. En haut, très loin, tout était obscur. Les énormes blocs de pierre obstruaient toujours l'entrée de la caverne.

— Comment allons-nous sortir ? demanda le dragon.

— Il y a peut-être un autre passage..., suggéra Lolita.

— Nous n'avons pas le temps, dit Rhapsodie. J'ai peur que la bombe explose !

Leur hésitation fut de courte durée. Une odeur épouvantable se faufilait jusqu'à eux.

— L'odeur ! L'odeur ! cria la petite fille. Elle revient, écoutez !

Très vite en effet ils entendirent un pas précipité qui montait d'un des souterrains. L'odeur devenait de plus en plus insupportable.

— C'est la Goula ! Elle aura réussi par quelque sorcellerie à se délivrer ! Vite, fuyons !

Ils grimpèrent quatre à quatre le long escalier et se heurtèrent aux grosses roches qui fermaient l'entrée du souterrain. Même en s'arc-boutant de toutes leurs forces, l'obstacle résista.

– Tout va sauter! Hé, hé! Tout va sauter! hurla en bas de l'escalier la monstrueuse Goula. Mais je vais d'abord vous dévorer!

Pipo en fureur se mit à tambouriner avec ses chaussures contre les pierres. Le glas retentit et les roches pivotèrent!

D'un bond ils se retrouvèrent à l'air libre, au sommet du pic de la Tarentule. Lolita, en quittant le souterrain la dernière, sentit sur ses talons le souffle puant de la Goula.

Pipo et Dragon s'armèrent de grosses pierres, décidés à défendre chèrement leurs vies et celles de Lolita et de Rhapsodie.

La Goula venait juste d'apparaître à l'entrée du puits lorsque les roches pivotèrent à nouveau, refermant l'entrée du souterrain.

Le monstre bondit sur Lolita pour la dévorer mais sa longue chevelure rouge foncé resta coincée entre les deux énormes pierres. Retenue prisonnière par ses cheveux, la Goula eut beau se démener, hurler, écumer, elle resta attachée à la montagne sans pouvoir se libérer.

Lolita fit remarquer que, si un premier danger était écarté, un second subsistait. La montagne allait sauter d'un moment à l'autre.

Les ailes volantes attendaient, soigneusement roulées dans les sacs. Ils les déplièrent, assemblèrent en toute hâte la toile et les tubes, accrochèrent leurs harnais. Lolita prit sa fille sous son aile. Ils coururent face au vent jusqu'au bord de la falaise et s'apprêtèrent à sauter dans le vide.

La Goula réussit, en abandonnant sa chevelure et la peau de sa tête, à se libérer des rochers qui la retenaient prisonnière. Le crâne scalpé, elle courut en hurlant vers les ailes volantes.

A ce moment précis, la montagne explosa.

39

Les yeux dans le vague, la tête dans ses mains, appuyé au rebord de la fenêtre de sa chambre, Dragon l'Ordinaire contemplait le magnifique paysage qui s'étendait à perte de vue sous les remparts de son château.

Noyé de vague à l'âme, son esprit flottait, bercé par des souvenirs tristes et gais à la fois...

Depuis trois jours il avait retrouvé son château, sauvé à la dernière minute par son aile volante. Il songeait avec mélancolie à ses compagnons disparus...

A Sambo, resté dans son clocher en un

lointain village... A Papuzio, le traître, la crapule, en qui longtemps il avait cru... A tous les gens côtoyés pendant ces quelques journées de folle aventure...

Tout avait commencé sur une idée bizarre d'Astragor, le marchand-magicien. Dragon ne put retenir un énorme soupir. Il était parti courir le vaste monde pour tomber amoureux. Son voyage se soldait par un échec... Cet amour fou, capable de déplacer les montagnes, il ne l'avait pas rencontré...

Une voix fraîche et jeune retentit derrière lui :
— Tu sembles bien triste, mon Dragon ! dit gentiment Rhapsodie. Tu te sens seul ?
— Non, ce n'est rien, répondit Dragon l'Ordinaire en essuyant très vite avec son mouchoir à carreaux la larme qui restait suspendue à la pointe de son menton.
Il reprit :
— Je pense à l'incroyable aventure qui m'a permis de rencontrer Lolita et de te délivrer...

— Tu regrettes de n'être pas tombé amoureux ?...

— Peu importe, répondit un peu hypocritement le dragon. J'ai trouvé l'essentiel : ton amitié, celles de ta mère et de Pipo.

— Tu as encore beaucoup de temps devant toi, affirma doucement la petite fille. Les dragons vivent bien plus vieux que les hommes. Crois-moi, je prévois pour toi d'autres aventures et, qui sait ? la réalisation de ton plus cher désir... Si mes yeux ne voient plus, malgré tout je suis un peu voyante...

— Non ! dit le dragon, feignant la colère. Non ! Pour moi, les aventures sont terminées. La présence de mes trois amis ici constitue mon plus grand bonheur. Nous pouvons vivre tranquillement sans nous gêner. Le château est grand et je possède quelques trésors qui nous permettront de ne pas avoir de soucis d'argent. Mais ne compte pas sur moi pour courir le monde ! J'ai couché dans les fossés à la belle étoile, j'ai failli me faire dévorer par un bœuf stupide, j'ai traîné derrière moi des cirques en piteux état, je me suis donné en spectacle ! Vendu comme esclave, emprisonné, délivré, poursuivi, j'ai traversé les airs. J'ai failli mourir coupé, noyé, explosé et digéré dans le ventre d'un monstre puant ! Ça suffit maintenant ! Je reste ici calmement jusqu'à la fin de mes jours ! Si j'ai vraiment beaucoup de courage, peut-être écrirai-je un livre qui racontera mes aventures... Mais écrire un livre, c'est déjà toute une aventure où beaucoup de monstres sont à l'affût... Et les aventures, moi, j'en ai par-dessus les cornes !

— Tu es le meilleur des dragons, affirma la petite fille, et le plus drôle ! Je t'adore !

Elle déposa un petit baiser sonore sur la joue gauche de Dragon et courut en riant retrouver Lolita et Pipo qui disputaient une partie de tennis dans la cour d'honneur du château.

« Le meilleur des dragons ! Le plus ordinaire pourtant... », pensa modestement le descendant de Dragon le Dragueur et de Dragon le Drogué en retournant dans sa rêverie. Il ne prêta pas attention à un point volant qui, surgi de l'horizon en zigzaguant, grossissait de seconde en seconde. Ce n'est que lorsqu'il se posa sur le rebord de la fenêtre que Dragon prit conscience de sa présence. C'était un pigeon voyageur, crasseux, dépeigné, complètement épuisé. Il dodelinait de la tête et semblait prêt à s'écrouler de fatigue. Dragon pensa un instant qu'il avait bu. Il réalisa rapidement qu'il était au bord de l'évanouissement.

Il caressa les quelques plumes que la pauvre bête possédait encore et descendit à la cuisine pour lui chercher une assiette de grains de maïs, de miettes de pain et un peu d'eau. Le pigeon avala ce repas avec rapacité puis il voleta un instant dans la chambre et s'écroula comme une pierre, profondément endormi, sur le lit de Dragon, au centre de la couette.

Dragon remarqua que l'oiseau portait un petit tube à l'une de ses pattes. Délicatement, pour ne pas le réveiller, il détacha la bague et ouvrit le tube.

Il contenait un message inscrit en rouge, avec du sang, d'une écriture maladroite, sur un bout de papier déchiré.

Dragon réussit à lire ces mots :

Des bandits m'entraînent de force
Ils m'emmènent vers la fo...
Dragon, vous êtes mon seul esp...
Prenez garde aux faux...

La signature, comme une partie du texte, était déchirée, mais Dragon réussit à lire : *Rosin...*

Il compléta instantanément : Rosinette !

– Rosinette est en danger !

Le sourire de la petite serveuse du café de la place du village lui revint aussitôt en mémoire.

Il n'y avait pas de temps à perdre !

En toute hâte, il descendit les 752 marches pour prévenir au plus vite Pipo, Lolita et Rhapsodie.

Pouvait-on laisser Rosinette aux mains des bandits ?

Table des matières

l'Atelier du Père Castor présente

la collection Castor Poche

La collection Castor Poche vous propose :

- des textes écrits avec passion par des auteurs
  du monde entier,
  par des écrivains qui aiment la vie,
  qui défendent et respectent les différences ;
- des textes où la complicité et la connivence
  entre l'auteur et vous se nouent et se
  développent au fil des pages ;
- des récits qui vous concernent parce qu'ils
  mettent en scène des enfants et des adultes dans
  leurs rapports avec le monde qui les entoure ;
- des histoires sincères où, comme dans la réalité,
  les moments dramatiques côtoient
  les moments de joie ;
- une variété de ton et de style où l'humour,
  la gravité, la fantaisie, l'émotion, la poésie
  se passent le relais ;
- des illustrations soignées, dessinées par des
  artistes d'aujourd'hui ;
- des livres qui touchent les lecteurs à différents
  âges et aussi les adultes.

Un texte au dos de chaque couverture vous présente les héros, leur âge, les thèmes abordés dans le récit. Vous pourrez ainsi choisir votre livre selon vos interrogations et vos curiosités du moment.

Au début de chaque ouvrage, l'auteur, le traducteur, l'illustrateur sont présentés. Ils vous invitent à communiquer, à correspondre avec eux.

CASTOR POCHE
Atelier du Père Castor
7, rue Corneille
75006 PARIS

185 **Les trois oranges d'amour**
par Carmen Bravo-Villasante

Dix-sept contes tirés du trésor des récits traditionnels scrupuleusement recueillis dans les différentes régions d'Espagne. Des récits humoristiques, merveilleux et symboliques qui intriguent et réjouissent tout à la fois, et où la peur se transforme rapidement en rire...

186 **La vie sauvage**
par Jean-Paul Nozière

Manuel et Youri, deux amis de treize et quatorze ans, décident de vivre une expérience de « vie sauvage ». Forts de leurs lectures, ils partent quelques jours seuls, sans nourriture, au cœur d'une réserve. Mais au détour d'un sentier, ils surprennent des braconniers en pleine activité. Une chasse inattendue et impitoyable commence.

187 **Le cheval à la crinière rose (senior)**
par Victor Astafiev

Une galerie de portraits d'enfants des régions nordiques de l'Union Soviétique. La nature sibérienne ne fait pas de cadeaux. Il n'est pas sans danger de dérober ses petits à une martre et de s'aventurer sur l'Ienisseï quand la glace n'est pas encore solide. Même les flaques de boue peuvent réserver de désagréables surprises...

188 **Le survivant (senior)**
par Andrée Chedid

En pleine nuit, Lana apprend par téléphone que l'avion dans lequel son mari, Pierre, a embarqué quelques heures plus tôt, s'est écrasé dans le désert. Il n'y a qu'un survivant. Lana, convaincue qu'il s'agit de Pierre, part à la recherche de l'homme qu'elle aime, à travers oasis, villages, désert, solitude...

189 **Loïse en sabots (senior)**
par Anne Pierjean

En Dauphiné, au début du siècle, ce n'est pas facile d'être une fille de divorcés. Mais la petite Loïse a, profondément ancré en elle, le goût du bonheur. Et puis elle a Gilles, son ami de toujours. Loïse épouse Gilles l'année de ses seize ans et vit quatre ans de grand bonheur. Mais la guerre éclate la laissant veuve avec deux jeunes enfants. Surmontant son chagrin, Loïse tente de retrouver sa joie de vivre...

190 **Les voyages fous, fous, fous d'Alexis**
par Robert Boudet

Alexis quitte son village de Chantières pour courir l'aventure à travers le monde. De ville en ville, il découvre les dangers les plus sournois de notre monde moderne. Heureusement, Alexis a le sens de l'humour et Zoom, son chien, un flair infaillible ! Mais cela leur suffira-t-il pour échapper aux pièges tendus dans toutes ces villes ?

191 **Le Dragon de feu**
par Colin Thiele

La famille Pene habite la Grange du Hérisson en lisière de la Grande Brousse. Melton, Crystal et Colin ne manquent jamais d'occupations car, outre le bétail, la ferme est envahie d'animaux sauvages plus ou moins apprivoisés. Avec la canicule, revient le temps des incendies. Dans toute l'Australie, le Dragon de feu tire sur sa chaîne. Chacun doit redoubler de précautions. Une étincelle et les collines se transforment en rivière de feu. Le danger est aux portes de la ferme.

192 **Dix-neuf fables du méchant loup**
par Jean Muzi

19 fables et contes empruntés à la littérature populaire d'Europe, d'Asie et du Moyen-Orient dans lesquels le loup est accusé des pires cruautés. Tour à tour couard, naïf, lourdaud, sot et borné, le loup tombe sans cesse dans les pièges les plus grossiers. Accablé de moqueries, ridiculisé et berné, il subit de cruels supplices.

193 **Je suis innocent !!! (senior)**
par Mel Ellis

Danny Stuart, 17 ans, est accusé d'avoir assassiné un voisin. Au début, Danny est persuadé que son innocence va éclater à la vue de tous. Il n'hésite pas à partir en cachette nourrir Molly, la chienne de la victime, réfugiée dans les collines avec sa portée de chiots. Mais la date du procès se rapproche et Danny réalise angoissé qu'il n'a aucun moyen de se défendre contre les preuves accablantes qui s'accumulent contre lui...

194 **Une surprise pour grand-père**
par C. Everard Palmer

Après l'accident de leur grand-père, Milton, 13 ans, et son jeune frère Timmy, doivent s'occuper de leur petite ferme. Le vieil homme ne peut plus se déplacer seul et se retrouve cloué à la maison. Les deux garçons se mettent en tête de gagner suffisamment d'argent pour lui acheter le cabriolet qui lui permettra de «revivre».

195 **Le vétérinaire apprivoisé**
par Arlette Muchard

«Moi, Marcel, petit chat seul au monde et affamé, je suis entré dans la maison d'Émilie et de Martine, sa maman, bien décidé à me faire aimer de ces deux humaines aux yeux tendres. Las ! un jour, un grand vétérinaire tenta d'envahir la maison, et ce fut la fin de notre tranquillité...»

196 **Albatros II (senior)**
par Colin Thiele

A Ripple Bay, petit port de pêche d'Australie, l'arrivée d'Albatros II, l'une des plus grosses plates-formes pétrolières du monde, provoque bien des discussions. Alors que Link Banks, 14 ans, désire connaître le fonctionnement d'une telle entreprise, Tina, sa sœur, s'inquiète : cette énorme silhouette d'acier représente une menace permanente pour les oiseaux de mer venus nicher sur la côte...

197 le crocodile Génia et ses amis
par Édouard Ouspenski

Dans une grande ville anonyme, des enfants et des bêtes décident de se faire des amis. Génia le crocodile, Badaboum, un étrange jouet raté qui ne ressemble à aucun animal connu, et tous leurs amis de rencontre entreprennent de construire une Maison de l'Amitié, mais une vieille mégère et un terrible rhinocéros tentent de les en empêcher.

198 le pays de l'or brûlant
par Ronimund Hubert von Bissing

David et sa sœur Marie s'éveillent sur une plage inconnue. Ils finissent par rencontrer un homme qui leur conte l'étonnant récit du lac d'Or Brûlant et qui leur remet à chacun un médaillon. Les enfants décident de partir à la recherche de ce lac entouré de mystère. La route est pleine de pièges et de tentations...

199 le prix d'un coup de tête
par Gérard-Hubert Richou

Stéphanie, 11 ans, est l'aînée de quatre enfants. Elle comprend les difficultés financières que rencontrent ses parents mais elle a l'impression d'en faire seule les frais. Un beau jour, sur un coup de tête, elle décide de s'en aller. En attendant le train qui l'emmènera au soleil, un étrange individu l'aborde courtoisement : « Bonjour princesse, je vous ai reconnue... ».

200 les mots en miel (senior)
par Sandrine Pernusch

Sabine veut « mériter » l'amour de son père, un homme prestigieux, un « savant ». Mais elle sait bien qu'il ne peut aimer une fille, surtout la sienne, qui demeurerait n'importe qui. Alors Sabine se met en tête de devenir une héroïne pour recevoir les petits mots tendres, les mots en miel qu'il ne lui dit jamais...

213 **Des docks au ring (senior)**
par Martin Ballard

Moggy Harris, quatorze ans, doit quitter l'école pour ramener de l'argent à la maison. Fils de docker, il sera docker lui aussi... Pourtant Moggy ne peut s'empêcher de rêver à une éventuelle carrière de boxeur. Il est prêt à tout pour échapper à une vie de pauvreté et de travail incertain dans les docks de Londres en ces dures années 20.

214 **Le grand réparateur**
par Guy Jimenes

Quelle aubaine ! Pierre peut faire toutes les bêtises qu'il veut. Le Grand Réparateur, ce mystérieux garçon qui apparaît dans les miroirs, les répare avant que Mémé ne les découvre ! Mais peu à peu l'autre se révèle moqueur. Comment se libérer du pouvoir du Grand Réparateur ?

215 **Le penseur mène l'enquête**
par Christine Nöstlinger

Daniel dit « le Penseur », Michaël « le Lord », et Otto dit « As de Pique » forment avec Lilibeth le petit clan très soudé de la classe de 4ᵉ D. Après une succession de vols commis dans la classe, le Lord est accusé. Ses trois amis, convaincus de son innocence, mettent tout en œuvre pour trouver le coupable.

216 **Complainte de la lune basse (senior)**
par Scott O'Dell

L'arrivée des soldats blancs, les Longs Couteaux, dans le cañon de Chelly, bouleverse la vie paisible des Indiens Navahos. Ils saccagent le village et brûlent les récoltes. A demi-morts de faim, Matin Ensoleillé et les siens doivent se rendre aux soldats. La tribu entière entre en captivité. Mais Matin Ensoleillé garde l'espoir d'une vie meilleure...

Cet
ouvrage,
le cent-douzième
de la collection
CASTOR POCHE,
a été achevé d'imprimer
sur les presses de l'imprimerie
Brodard et Taupin
à La Flèche
en avril
1988

Dépôt légal : Mars 1985.
N° d'Edition : 15716. Imprimé en France
ISBN : 2-08-161822-2
ISSN : 0248-0492